Tucholsky  Wagner  Zola  Scott  Sydow  Freud  Schlegel
Turgenev  Fonatne
Wallace  Walther von der Vogelweide  Fouqué  Friedrich II. von Preußen
Twain  Weber  Freiligrath  Frey
Fechner  Fichte  Weiße Rose  von Fallersleben  Kant  Ernst  Frommel
Richthofen
Engels  Fielding  Hölderlin  Tacitus  Dumas
Fehrs  Faber  Flaubert  Eichendorff
Feuerbach  Maximilian I. von Habsburg  Fock  Eliasberg  Zweig  Ebner Eschenbach
Ewald  Eliot  Vergil
Goethe  Elisabeth von Österreich  London
Mendelssohn  Balzac  Shakespeare  Dostojewski  Ganghofer
Trackl  Lichtenberg  Rathenau  Doyle  Gjellerup
Mommsen  Stevenson  Tolstoi  Lenz  Hambruch  Droste-Hülshoff
Thoma  Hanrieder
Dach  Verne  von Arnim  Hägele  Hauff  Humboldt
Karrillon  Reuter  Rousseau  Hagen  Hauptmann  Gautier
Garschin
Damaschke  Defoe  Hebbel  Baudelaire
Descartes  Hegel  Kussmaul  Herder
Wolfram von Eschenbach  Dickens  Schopenhauer  Rilke  George
Bronner  Darwin  Melville  Grimm Jerome
Campe  Horváth  Aristoteles  Bebel  Proust
Bismarck  Vigny  Barlach  Voltaire  Federer  Herodot
Gengenbach  Heine
Storm  Casanova  Tersteegen  Grillparzer  Georgy
Chamberlain  Lessing  Langbein  Gilm
Brentano  Lafontaine  Gryphius
Strachwitz  Claudius  Schiller  Kralik  Iffland  Sokrates
Katharina II. von Rußland  Bellamy  Schilling
Gerstäcker  Raabe  Gibbon  Tschechow
Löns  Hesse  Hoffmann  Gogol  Wilde  Vulpius
Luther  Heym  Hofmannsthal  Klee  Hölty  Morgenstern  Gleim
Roth  Heyse  Klopstock  Kleist  Goedicke
Luxemburg  Puschkin  Homer  Mörike  Musil
La Roche  Horaz
Machiavelli  Kierkegaard  Kraft  Kraus
Navarra  Aurel  Musset  Lamprecht  Kind  Kirchhoff  Hugo  Moltke
Nestroy  Marie de France
Nietzsche  Nansen  Laotse  Ipsen  Liebknecht
Marx  Lassalle  Gorki  Klett  Ringelnatz
von Ossietzky  May  Leibniz
vom Stein  Lawrence  Irving
Petalozzi  Platon  Knigge
Pückler  Michelangelo  Kafka
Sachs  Poe  Liebermann  Kock
de Sade  Praetorius  Mistral  Zetkin  Korolenko

Der Verlag tredition aus Hamburg veröffentlicht in der Reihe **TREDITION CLASSICS** Werke aus mehr als zwei Jahrtausenden. Diese waren zu einem Großteil vergriffen oder nur noch antiquarisch erhältlich.

Symbolfigur für **TREDITION CLASSICS** ist Johannes Gutenberg (1400 — 1468), der Erfinder des Buchdrucks mit Metalllettern und der Druckerpresse.

Mit der Buchreihe **TREDITION CLASSICS** verfolgt tredition das Ziel, tausende Klassiker der Weltliteratur verschiedener Sprachen wieder als gedruckte Bücher aufzulegen – und das weltweit!

Die Buchreihe dient zur Bewahrung der Literatur und Förderung der Kultur. Sie trägt so dazu bei, dass viele tausend Werke nicht in Vergessenheit geraten.

# Studentenbeichten. Zweite Reihe

## Zweite Reihe

Otto Julius Bierbaum

# Impressum

Autor: Otto Julius Bierbaum
Umschlagkonzept: toepferschumann, Berlin

Verlag: tradition GmbH, Hamburg
ISBN: 978-3-8424-0354-3
Printed in Germany

## An Michael Georg Conrad
## in herzlicher Verehrung

Lieber Conrad, Sie haben schon manche Beichte von Studenten gehört, wenn sie zu Ihnen kamen und Ihnen erzählten, wie sie durchaus Dichter werden möchten; es gäbe keinen Ausweg mehr, denn der Drang sei zu schrecklich, und überdies hätten sie auch schon die schwere Menge von Erlebnissen erlebt, sodaß es die höchste Zeit sei, nun endlich gedruckt zu werden.

Ich kenne Ihr aufmerksames Lächeln, lieber Freund, mit der Sie solche Beichten hören, und ich weiß, mit was für großen, merkwürdig listigen Blicken Sie solchen Beichtlingen die Seele von den Mienen ablesen, sodaß Sie, glaube ich, zuweilen mehr erfahren, als was Sie hören. Ich war ja auch einmal so ein Student und Beichtkind von Ihnen.

Das ist nun schon fast zehn Jahre her, und mittlerweile hat sich mancherlei begeben, das Einem so vorkommt, als wären viel mehr als blos zehn Jahre darüber hingegangen. Wir litterarischen Füchse von damals, denen Sie immer ein so lieber prächtiger Fuchsmajor gewesen sind, und die wir nicht ganz unähnlich jenen alttestamentarischen Füchsen waren, die weiland Simson der Held mit brennenden Schwänzen unter die Philister schickte, wir sind nun auch schon so was wie Alte Herren geworden, und es fehlt unter denen, die nach uns gekommen sind, nicht an solchen, die jetzt uns für die Philister halten. Das ist der Lauf der Welt, und der geht heute sehr schnell.

Wollen wir klagen? Ich sehe Sie lächeln. Und ich denke, das Lächeln trauen Sie auch mir zu. Wir rennen nicht mehr brennend durch das Lager Philisterias, aber wir drehen auch keine Philistermühle, und, wenn es nicht wohl zu leugnen ist, daß wir uns zuweilen in Delilas Schooß gebettet haben, so dürfen wir uns doch rühmen, nicht allzuviel Haare gelassen zu haben.

Wir sind ruhiger geworden, gleichmütiger und gerechter. Daß wir die Philister liebten, da sei Gott vor! Aber wir fühlen nicht mehr das dringende Bedürfnis, sie gänzlich auszurotten. Wir finden vielmehr, daß sie im Haushalte der Menschheitswelt durchaus nicht zu entbehren sind. Sie sind die große graue Kontrastfläche, von der sich lebhaft und erfreulich alles das abhebt, was uns Freude macht. Ein Hintergrund muß sein; vorm reinen Lichte verschwömme alles Helle.

Ich rede als Mensch der Kunst, der sein Vergnügen an der Wirklichkeit hat unbeschadet zeitweiliger Ausflüge in purpurne Helligkeiten und Finsternisse, wie Sie selber eine so köstlich gemalt haben. Ich mag das Gewimmel der Lebendigen gerne, das sich von jenem Hintergrunde der Schweren abhebt. Darum blicke ich auch immer noch zuweilen mit Vergnügen auf die Zeit des Studentenlebens zurück, wo selbst manche von denen, die später zu den Schweren hinuntersinken, luftig eine Weile im heiteren Lichte leben.

Und nun bringe ich Ihnen ein paar solcher Studentengeschichten, wie sie mir nacheinander von früher her eingefallen sind, dar und möchte gerne, daß Sie darin ein äußeres Zeichen der herzlichen Gesinnung sähen, mit der ich zu Ihnen stehe. Hoffentlich lesen Sie sie mit Vergnügen und in guter Muße. Sollten Sie gerade im Reichstage sein, wenn das kleine Buch ankommt, so verabsäumen Sie doch ja nicht, es zur Einverleibung in die Reichstagsbibliothek vorzuschlagen. Es giebt unter Ihren Kollegen im Hohen Hause einige Herren, von denen ich glaube, daß sie es mit Frucht lesen könnten. Ein Antrag, es auf Reichskosten alljährlich an sämmtliche Abiturienten deutscher Gymnasien und Realschulen verteilen zu lassen, wäre meinen Verlegern nicht unangenehm, indessen ich zweifle bei den Schwierigkeiten, mit denen der Kultusetat zu kämpfen hat, daß er durchgehen würde, und Epitheta, wie es die waren, mit denen ein preußischer Kultusminister einmal Kellers Romeo und Julia auf dem Lande bedacht hat, kann ich auch so in den Zeitungen lesen. Und somit herzlichen Gruß!

Ihr Otto Julius Bierbaum

Schloß Englar im Eppan, Südtirol, den 18. September 1897.

# Selbstzucht

Wir hatten die Ehre und das Vergnügen, einen Königlichen Staatsanwalt unter uns zu sehen, und wir machten dabei die Bemerkung, daß es eine unrichtige Behauptung ist, wenn einige sagen, der Wein werde sauer in Gegenwart eines solchen Würdenträgers. Nein, unser alter Burgunder blieb milde und voll wie er war. Aber das ist richtig: unser Gespräch kriegte was säuerlich Muffiges. Nicht allein, daß auch nicht der geringste Bundesfürst beleidigt wurde, was doch sonst in dieser Zeit der Decomposition aller guten Angewohnheiten häufig ist und, wie ich bemerkt habe, besonders oft beim Rotspon der begüterten Classen vorkommt, nein, man hob auch sonsthin die Lippen mit einer gewöhnlichen Behutsamkeit. Schließlich fing man, und wir waren doch lauter alte Corpsbrüder, die mancherlei miteinander ausgefressen hatten, gar von Moral zu reden an. Zumal der jüngste unter uns, der eben erst Referendar und damit Alter Herr geworden war, schwang die weiße Fahne der Moral mit fast zu lebhafter Beflissenheit.

– Alles, was recht ist! rief er, Jugend muß austoben, gewiß, natürlich! Aber, wenn man älter wird, muß man sich besinnen und nicht gleich so ... so ...

– Losgehen meinen Sie, warf der alte Sanitätsrat Kernschlier ein, der der älteste unter uns war.

– Ja, so ähnlich, oder, na, kurz: Selbstzucht!

– Das ist ein gutes Wort, Herr Corpsbruder, sagte wieder der Sanitätsrat, eins von den auserlesen guten, die man darum, wie den Namen Gottes, nicht eitel nennen soll. Aber diese heiligen und hohen Dinge haben es wunderlich in sich. Erst lehrt man sie uns, und nun glauben wir sie; dann erkämpfen wir sie uns, und plötzlich zweifeln wir an ihnen.

Der kleine Referendar hob den Kopf:

– Zweifeln? An der Notwendigkeit und Heilsamkeit der Selbstzucht zweifeln, Herr Sanitätsrat?

Sein Schnurrbart sträubte sich noch höher, als er schon gebrannt war.

– Nicht so, Herr Corpsbruder, nein, das nicht. Absolut genommen befestigen sich diese Ideale im allgemeinen wohl, sodaß sie, als Ideale eben, nicht mehr angefochten werden von uns; aber, sehen Sie, je älter man wird, um so geneigter wird man, die Dinge, auch die hohen, relativ zu nehmen.

Sprach der Sanitätsrat.

Der Referendar, wie ich vermute, verstand das nicht gleich ganz und merkte nur, daß seine Jugend hier nicht als Erkenntnisfactor behandelt wurde, und so erwiderte er:

– Zweifellos bin ich noch nicht alt genug, um den Sinn dieser relativen Auffassung der Dinge zu begreifen, Herr Sanitätsrat, aber es scheint mir eine Auffassung zu sein, die schließlich die Ideale negiert.

Der Staatsanwalt stimmte bei:

– Ein Ideal, wie das der Selbstzucht, hat nur einen Wert, wenn man es in seiner ganzen absoluten Reinheit und Schärfe strikte begreift. (Er liebte das Wort: strikte.) Nur strikte begriffen, haben Ideale überhaupt praktischen Wert.

– Für euch Staatsanwälte, lieber Freund, sagte der Sanitätsrat. Wir anderen Menschen müssen uns mit Relativis begnügen. Ein Jurist darf wie ein Kirchenvater reden, und ein Staatsanwalt muß es wohl. Aber z. B. wir Mediziner, du lieber Gott, woher sollen wir eure Prokuratorenstrenge nehmen, die wir mit dem Fleisch zu thun haben, von dem sogar die Schrift sagt, daß es schwach sei? Wir kriegen schon von berufswegen einen Sinn fürs Relative oder, wie ich auch sagen möchte, für die Nuance. Es ist ja auch klar: Ihr seid zum Strafen da, und die Peitsche hat einen harten, festen Stil; unser Amt aber ist, zu heilen, und das Fleisch, mit dem wir zu thun haben, ist weich.

Der Staatsanwalt wurde gelinde ärgerlich:

– Du hast ganz die Art unserer bilderreichen Herren Verteidiger, die vor den guten Geschworenen mit Metaphern jonglieren, bis das feste Bild der Wirklichkeit mit ihren stricten Forderungen nicht mehr zu sehen ist. Wo willst du eigentlich hinaus: Soll der Mensch Selbstzucht üben oder soll er sein wie das liebe Vieh, das seinen

Trieben oder, wie du sagen möchtest, seinem weichen Fleisch folgt?! Das Fleisch der Schweine ist nämlich ebenso weich, wie das der Menschen.

Der Referendar lächelte. Der Sanitätsrat aber sprach:

– Über das Sollen habe ich kein Amt zu reden. Dafür seid ihr da. Daß ich die Notwendigkeit hochaufgerichteter Ideale anerkenne, habe ich schon gesagt. Sie sind goldene Ziele, und wer sie erreicht, ist vollkommen. Aber ich habe es nicht blos aus Büchern gelernt, sondern sehe es täglich im Leben, daß die Vollkommenheit eine überaus seltene Sache ist, selbst unter sehr anständigen Leuten. Solange ich auch lebe, ich bin noch keinem Heiligen begegnet, weder unter Juristen noch unter Medizinern; auch unter Theologen nicht; und mit Philosophen habe ich keinen Umgang, weil sie immer seltener werden. Und so habe ich denn auch quoad Selbstzucht gefunden, daß schon eine relative Ausübung dieser Tugend rühmlich ist. Weshalb ich übrigens vorhin, als unser jüngster Konphilister so löblich für das Ideale eintrat, meine Bemerkung machte, das hat seinen Grund in einer persönlichen Erfahrung an mir selber, die ich aber vor einem Staatsanwalt, und wäre er auch mein Corpsbruder und ehemaliger Leibfuchs, nicht mitteilen kann.

– Das wäre noch schöner, rief der dicke Major a. D. Deneke, der seinerzeit aus dem Corps ins Casino umgesattelt war, daß ein Leibbursch sich vor seinem Leibfuchs genieren sollte! Wo bleibt da der Comment? Das ist Nihilismus! Hier gelten die Semester, wenn ich bitten darf.

Und der Staatsanwalt erhob sein Glas und rief:

– Dein Spezielles, Leibbursch! Schieß los!

Der Sanitätsrat that einen guten Zug und sprach:

– Das Ding ist heikel. Aber wenn die Semester gelten, hab' ich hier niemand über mir, und gerade weil ich ein alter Bursch bin, noch aus der Zeit, da man noch das Tonnencerevis trug, darf ich's vielleicht erzählen. Aber unser jüngster alter Herr muß mir versprechen, daß er mich nicht verachtet.

Der kleine Referendar machte eine große Verbeugung und trank sein volles Glas aus.

- Also gut denn! Und zuvor nochmals dies: Ich verehre die Heiligen und bekenne mich, ich darf wohl sagen: jetzt mehr denn je, zur Selbstzucht.

Wenn ich dabei auch die andere Seite sehe, thu ich's wie Augustinus, obwohl ich seine radikale Methode, sich vor Anfechtungen zu schützen, nicht billige. Also: Ich war, mein Gott, wie lange das nun her ist, gerade vom Gymnasium frei, und das Gymnasium war eine königlich sächsische Fürstenschule gewesen, ein Internat, meine lieben Leute, von dem sich keiner einen Begriff machen kann, der nach den Schulstunden nach Hause hat gehen dürfen. So alt ich bin, so deutlich fühl ich doch noch, wie scheußlich das im Grunde war. Es giebt ja allerhand köstliche Erinnerungen auch aus diesem Leben, denn man war jung und voll Übermut trotz alledem. Aber nein, brrr, dieses ewige Eingesperrtsein, diese Klosterhaft in den saftigsten Jahren, wo man über Stock und Stein, Heck und Heide hätte springen mögen und mußte hinter Mauern sitzen, immer zwischen denselben Gesichtern, immer gehalten wie ein kleiner Knabe, immer mit sich allein und den anderen, die gerade auch so hinausbegehrten in die Welt, wo die Freiheit war und die große weite Bahn, zu rennen und zu ringen und den Mädeln um den Hals zu fallen. Weiß Gott, wir haben uns manchmal seltsam umarmt, wir großen Burschen zwischen achtzehn und zwanzig Jahren damals, denen der Bart aus der Backe stach. Und dabei lasen wir Platons Symposion, wo sich die alten Griechen in ihrer verteufelt unchristlichen Art über die Liebe unterhalten. Ich weiß augenblicklich nicht mehr, ob da von Selbstzucht die Rede ist. Es kann sein. Aber gut: Endlich war ich frei und fuhr südwärts der Stadt zu, wo wir alle unter roten Mützen so fidel gewesen sind.

- Stoßt an, Freiburg soll leben, hurrah, hoch! sang der dicke Deneke mit Schmelz und Leidenschaft, und die Gläser fuhren aneinander.

- Aber vorher machte ich in einer kleinen Stadt, ich nenne sie nicht, ihr kennt sie alle, Halt. Ich machte überhaupt oft Halt auf meiner Reise. Es gefiel mir überaus gut, so in den Hotels abzusteigen und als freier Herr in den fremden Städten herumzuspazieren, eingeschrieben als » *mul. med.* auf der Reise nach Freiburg. Legiti-

mation: Reifezeugnis der kgl. Fürstenschule zu Meißen in Sachsen«.
Das Hotel hieß »Zur goldenen Traube«.

– Ah! erklang's im Kreise:

Ich kenne die Wirtin, ich kenne den Wein,
Ich kenn auch der Wirtin Töchterlein,
Wir haben zusammen getrunken
Und sind uns ans Herz gesunken;
Da schlief die Kleine ein.

– Ja, ja, aber das Lied ist älter als ich, und der Wirtin Töchterlein
ist's nicht gewesen.

– Sondern? fragte in höchster Spannung der dicke Deneke.

– Laß nur, laß! Ja, wie war es doch? richtig: ich kam gerade zur
Mittagszeit an und hatte nur eben Zeit, mich zu waschen und um-
zuziehen, dann ging ich hinunter an die Tafel. Ich sehe mich noch
mit meiner Fürstenschüler-Tanzstunden-Verbeugung, wie ich an
den Tisch trat und hinten, gerade neben dem Fenster mit dem alten
Epheustock, ein junges Mädchen erblickte, das mir augenblicklich
so in Herz und Seele gut gefiel, daß ich in ihrer Gegenwart kaum zu
essen wagte. Vorstellen kann ich sie mir jetzt aber nicht mehr. Nein,
wie ich mich auch anstrenge. Es kommt immer blos so ein glänzen-
des Idealbild heraus, bei dem man alles empfindet, aber höchstens
zu sagen weiß, daß blonde Zöpfe und blaue Augen dazugehörten.
Aber ich kann nicht einmal mehr für die Augen einstehen. Sie können auch braun gewesen sein, obwohl ich allerdings glaube, daß sie
blau waren.

– Leibbursch! rief der Staatsanwalt, ich glaube, du bist noch verliebt?

Der Sanitätsrat nickte nachdenklich mit dem Kopfe:

– Seltsam, seltsam; wenn ich denke: so zu einander gestoßen wie
im Wirbelwind, ineinander geweht wie zwei Flammen, und dann
dahin. Vielleicht ist das die Frau gewesen, die ich dann nicht mehr
gefunden habe. Vielleicht zur Strafe nicht gefunden.

Es schien, als wollte der alte Herr sehr nachdenklich werden, aber
er gab sich einen Ruck:

– Dies, Leibfuchs, zum Beweis, daß ich nicht ohne moralische Gefühle bin. Übrigens, das ist das Alter. Weg damit! Wo war ich doch stehen geblieben ...? Ja, richtig: also das Mädel gefiel mir sehr gut und ich guckte sie wohl ein bißchen häufiger an, als es dem Elternpaar, das neben ihr saß, gefallen mochte. Sie brachen mit einer steifen Verbeugung, das Mädelchen blos mit einem kurzen Kopfnicken, schnell auf und gingen in die Stadt. Ich sah den blonden Zopf mit der blauen Schleife noch lange. So sechzehn, siebzehn Jahre, dacht ich mir. Wie sie nett schwänzelt, und wie der Zopf hin- und herfährt! O, du Schatz, du Schatz! Wirklich, mit diesen Worten, ausgesprochen, dacht ich an sie. Und mir war unbeschreiblich selig zumute.

Ich glaube, der Sanitätsrat schämte sich, wie er das sagte. Wir merkten jedenfalls, daß es ihm nahe ging. Deneke, wie gewöhnlich, fand den rechten Vers, die Stimmung gut ins Glatte zu lösen. Er brummelte:

> Und das Zöpfel ging bim-bam,
> Und das Herz schlug mir zusamm,
> Ach, du liebe Weise!

Der Sanitätsrat trank dem hilfreichen Major dankbar zu und fuhr fort:

– Ich sah sofort im Fremdenbuch nach, wer die Familie wäre, und fand die Eintragung: Zimmer 13 und 14 Rentier Brandeiß mit Frau und Tochter. Hinter das Tochter hatte eine Mädchenhand geschrieben: Lisbeth. Ich könnte die schmächtigen, ganz flach hingelegten Züge heute noch nachschreiben. Damals hätt ich sie küssen mögen. Ihr seht also, ich war nach Mulusmöglichkeit verliebt. Es war das erste Mal in meinem Leben. Wirklich. Und es ist nie wieder so gekommen. So blitzschlaghaft. Nein. Nie.

Wieder eine Pause. Es schien, als scheute sich der Sanitätsrat, zu Ende zu erzählen. Da dem Major kein Vers einfiel, dauerte die Pause etwas lange.

Endlich fuhr der Sanitätsrat fort:

– Ich war, weiß Gott ein guter Junge und so unverdorben, als man sein kann, wenn man aus einem Internat kommt. Nicht einmal so eine frühe Jugendliebschaft hatt ich gehabt. Darum entlud sich's hier wohl auch so schnell. Ich lief natürlich der Richtung nach, wohin ich das Mädchen mit ihren Eltern hatte gehen sehen, in die Stadt, aber es gelang mir nicht, mit ihnen zusammenzutreffen. Als ich abends ins Hotel zurückkehrte, hörte ich bei Tisch, die Herrschaften hätten sich in ihrem Zimmer decken lassen. Das bekümmerte mich richtig, und in einer Art von unbewußtem Liebesgram trank ich zwei Flaschen roten Öberingelheimer und ließ mir vom Traubenwirt alles erzählen, was er von den Freiburger Corpsstudenten wußte, die bei ihm verkehrten. Dann ging ich müde, wie man's mit neunzehn Jahren so schön sein kann, mit meinem Leuchter hinauf, mich schlafen zu legen. Ich glaube, ich dachte da gar nicht an das Mädel, aber, wie ich den Schlüssel an der Thüre Nr. 12 herumdrehte, sah ich vor der Nachbarthüre rechts, Zimmer 13, ein paar kleine Stiefelchen stehen, und da war mir's wahrhaftig, als schlüge mir das Herz plötzlich im Halse. Es hätte nicht viel gefehlt, und ich hätte mich gebückt und die Stiefeletten geküßt. Jedenfalls stellte ich mich direkt vor sie hin und sah sie, weiß Gott, mit Rührung an. Nebenan, vor Thür 14, stand das elterliche Schuhwerk. Es ist unglaublich, aber ich sehe es heute noch vor mir: die Stiefel der Rentiers hatten merkwürdig lange und mit *A. B. I.* gezeichnete Strippen, die rechts und links wie die langen Ohren eines Vorstehhundes herunterhingen. Mein Gott, dachte ich mir, läßt sich der Kerl sogar die Stiefelstrippen zeichnen. Dann ging ich, ganz aufgeregt, in mein Bett. Aber meine neunzehn Jahre und die beiden Flaschen Oberingelheimer brachten mich bald in Ruhe, obwohl ich vorher an der Thüre, die aus meinem Zimmer nach dem Zimmer Nr. 13 führte, gelauscht und ruhige Athemzüge zu hören geglaubt hatte. Oh, du Schatz! Mit diesen Gedanken, bin ich, glaube ich, eingeschlafen.

Der Sanitätsrat trank sein Glas aus und sah vor sich hin.

– Ja, ist die Geschichte denn schon aus? dachte sich der Referendar mit der Selbstzucht. Will uns die Sanität denn foppen? Und auch der Staatsanwalt fühlte eine Art Beunruhigung bei dem Gedanken, daß es nicht weiterginge. Am Ende will er uns auf die Probe stellen, der alte Fuchs, dachten die übrigen. Blos Deneke war so ehrlich, geradezu zu fragen:

– Na, und das ist die ganze Selbstzucht?

Der Sanitätsrat sah auf:

– Selbstzucht? Ja, ach so! Problema! Ist es nicht merkwürdig, daß ich damals gar nicht daran gedacht habe? Und die Gelegenheit forderte doch geradezu auf dazu! Aber nein! Plötzlich stand ich an der Thüre zu Nr. 13 ...

– Pardon, Leibbursch, vorher mußt du aufgestanden und zur Thür gegangen sein! warf der Staatsanwalt ein.

– Vermutlich, Leibfuchs, aber ich weiß davon nichts. Ich weiß nur, daß ich mich auf einmal an jener Thüre sah und die Klinke in meiner Hand fühlte.

Der Staatsanwalt schüttelte den Kopf und brummte:

– Vor Gericht dürfte ich dir das nicht glauben. Auf solche Lücken im Bewußtsein berufen sich viele, die für ihre Thaten nicht einstehen wollen. Wohin kämen wir, wenn wir es den Verbrechern erlaubten, sich hinter solche Bewußtseinswolken zurückzuziehen?

Der Sanitätsrat lächelte:

– Mußt du denn immer Fach simpeln, Leibfuchs? Vorerst weißt du ja noch gar nicht, ob ich was verbrochen habe. Aber ich begreife, daß euch das zur zweiten Natur wird wie den Schauspielern das gerollte R. Übrigens: Bewußtseinswolke ist ein passendes Wort. So wars: als wenn ich eine Wolke im Schädel hätte statt der Gehirnwindungen. Zuweilen hellte sie sich wie durch einen Blitz. Um Gotteswillen, was thust du? frug's in mir, und ein Schreck durchfuhr mich, als wüßte ich: da, im Dunkeln, ist eine offene Fallthüre, und du trittst hinein. Dann wieder, beschwichtigend: Unsinn! Die Thüre ist ja natürlich verschlossen! Aber da drückte ich auch schon behutsam auf die Klinke, und, alle guten Götter! – die Thüre ging leise auf. Mein Gott, mein Gott, was mach ich denn nur, ich kann doch nicht... ich werde doch nicht... Zurück! zurück! Ich zitterte am ganzen Körper und die Zähne schlugen mir aufeinander. Zugleich aber war mir's, als Pochen, Stoßen, Heben in mir. Mit furchtbarster Anstrengung hielt ich den Atem an und kniete vor dem Bett nieder. Noch ein letztesmal rief's in mir: nein! nein!! Da fühlte ich unter meinen Händen ihre kleine, heiße Brust, und mein Kopf fiel darauf wie hinterrücks abgeschlagen. Da ... was für ein fonderbarer Laut ... es war wie das tonlose Zwitschern eines träumenden Vogels im Neste, ganz leise, ganz leise, ein Hauch, erstaunt und wehrend und unendlich hold: »Wer? Nein! nein! nein! Nicht doch! nicht!« In diesem Augenblick sah ich sie, obwohl es nicht heller wurde, als es im dunstigen Lichte des versteckten Mondes immer gewesen war. Ich sah zwei große erschreckte Angen und einen bebend offenen Mund. Jetzt wird sie schreien, jetzt, jetzt... und nun warf ich mein Gesicht über das ihre und küßte ihre Lippen, die noch unter meinen Küssen bebten, und meine Hände schlossen sich um ihren Hals, daß ich die Schlagadern deutlich spürte. Und doch könnte ich es schwören: ich dachte an nichts weiter. Da aber legten sich ihre Arme linde um meinen Hals und unter meinem Munde flüsterte es: »Leise! leise doch!« und nun kamen die Küsse von ihr ... Das war, als würde ich aus mir selbst gesogen, und die dumpfe, stürzende Sehnsucht von vornhin verstand auf einmal sich und mit brennender Klarheit ihr Ziel, und ich fühlte mich nicht mehr, ich fühlte blos noch sie, diese anschmiegende, ansaugende Wärme, diese höchste, brodelnde Aufregung aus ihrem Innersten, bei vollster, atempressender Stille um uns, dieses Toben des Blutes aus ihr zu mir, aus mir in sie, in uns beiden zu eins ... Ach, liebe Leute! Und wenn mir der Himmel selber mit glühendem Eisen das Wort Selbstzucht in den Rücken gebrannt hatte, – ich hätt es nicht gespürt und nicht verstanden.

Wir sahen es dem Sanitätsrat an, daß er im tiefsten erregt war, und schwiegen mit ihm. Nur der kleine Referendar fand ein schnelles Wort:

– Das ist ja ein rein pathologischer Paroxysmus!

Da lachte der Sanitätsrat und streckte ihm die Hand entgegen:

– Recht so, daß Sie mich alte Punschbowle abkühlen, Herr Corpsbruder. Wenn Sie einmal heiß werden sollten, will ich ein Gleiches thun.

– Na, und dann? fragte Deneke.

– Ach so, der Schluß! Ich dachte, ich wäre schon fertig.

Der Sanitätsrat lächelte sonderbar, indem er das sagte.

– Der Schluß! der Schluß! Ich habe mir ihn früher oft dazu gedichtet: Wie ich die kleine Lisbeth später irgendwo wiederfände, und ich spräche zu ihr: Du hast doch auf mich gewartet, mein liebes Ding? Hast du? Und sie nickte mit lächelndem Munde und strahlenden Augen. Ich aber spräche weiter: Und ich, ich hab dich gesucht all die Zeit, mein Schatz, du, und nun bin ich nicht mehr der kleine, dumme, tappige Mulus, sondern ein Zweibändermann und Doktor der Medizin dazu, und meine Praxis ist groß genug für eine kleine Frau. Wir waren einmal so über alle Begriffe glücklich mitsamm', wie man's nur sein kann, wenn man kein Recht dazu hat; nun wollen wir das Unrecht gut machen, indem wir uns künftig und inmerzu mit dem erlaubten Glücke begnügen! ... Poetische Licenz! Nichts davon! Ich habe sie nie wieder gesehen seit dem Augenblicke, als ich ihr im Lichte des grauenden Morgens den langen, langen Abschiedskuß gab auf ihren kleinen Mund, der wieder so eigen bebte, während in ihren Augen doch ein Schein war wie von innerlichster, seligster Zufriedenheit. Sie hatte die Arme um meinen Nacken geschlungen und hing an mir, als sollte ich sie nehmen und forttragen. Aber da knarrte drüben ein Bett, und sie fiel erschreckt zurück mit schiefem, ängstlichem Kindermund, und ich wankte davon wie ein Betrunkener ... Und wie ein Betrunkener schlief ich zehn Stunden lang, ohne aufzuwachen. Wie ich wach wurde, war es vier Uhr nachmittags, und ich begriff erst gar nicht, wo ich war. Auf einmal kam mir die Erinnerung, und es fehlte nicht viel, daß ich, noch berauscht von dieser wunderbaren Nacht, im Hemde hinuntergelaufen wäre, sie zu sehen. Es hatte mir nichts genützt. Schon um zwei Uhr war die Familie Brandeiß abgereist. Als mir die gute Traubenwirtin das sagte, da gab es mir einen Schlag ins Herz, und ich stand wohl da wie Stoffel vor'm leeren Stall, als ihm das Kalb gestohlen war. Ich konnte es gar nicht begreifen. Wohin sind sie denn gereist, die Herrschaften? fragte ich mit unvollkommener Ruhe. – Nach Franfurt!... So, so, nach Frankfurt! Ich war wie verblödet. Na, kurz und gut: am selben Abend war ich in Freiburg, und acht Tage später hatt ich die rote Mütze auf und das Fuchsenband um ... Nun, Leibfuchs, wie denkst du über den Fall? Sag's strikte!

Der Staatsanwalt zuckte die Achsel:

– Die Jugend!

16

Und Sie, Herr Korpsbruder?

– Gewiß, Herr Sanitätsrat, relativ betrachtet ...! Natürlich .. Ja, ja, ja freilich ...

Aber der gute Major sang:

> Und als das Mädel sich satt geküßt,
> So, so!
> Da Hab' ich leider davon gemüßt,
> Oh, oh!
> Der Rapp' war schon gesattelt und scharrte vor der
> Thür,
> Sie guckte hinter'm Vorhang am Kammerfenster für,
> So, so!
> Oh, oh!
> Bald reiten wir einen Schimmel, bald einen Rappen,
> wir!
> Wir Reiter, hoho!
> Wir Reiter, hoho!

Wir sangen den Refrain heiter mit. Nur der alte Sanitätsrat schwieg und schien ernst geworden. Und er sagte:

– Aber Sie haben doch recht, Herr Korpsbruder: Selbstzucht! Uns geht's ja leicht hin, wenn wir uns mal vom Blute überrennen lassen. Aber so ein armes Mädel... Ich bin manchmal vor Schreck zusammengefahren, wenn ich mir vorstellte, die Kleine könnte ... Nein, so lange die werte Welt noch mit Steinen wirft, wo sie die Hand auflegen und die besten Worte vorstehender Liebe haben sollte, solange ist es Pflicht, sich in der Kandare zu halten ... Ich sprach vorhin von einem goldenen Ziele, es ist aber doch wohl mehr eiserne Kette, und ich fürchte sehr, wir dürfen sie noch nicht sprengen.

– Zum mindesten würde ich mir erlauben müssen, mit allen Kräften dagegen aufzutreten, sagte der Staatsanwalt mit Ernst und Ueberzeugung.

Er hatte, wie billig, das letzte Wort.

# To-lu-to-lo
## oder
## Wie Emil Türke wurde

Mein Freund Emil war ein merkwürdiger Referendar: Es genügte ihm nicht, Referendar zu sein. Er wollte durchaus nach China.

Nicht etwa, daß er an einer Stangen'schen Weltreise hätte teilnehmen wollen. Nein, es war nicht eitle Vergnügungssucht oder seichte Neugierde; es war Ehrgeiz.

Emil hatte es sich in den Kopf gesetzt, schnell Karrière zu machen und auf ungewöhnliche Weise. Aber es war ihm nicht verborgen geblieben, daß es bei der erstaunlichen Fruchtbarkeit, die Mutter Germania in der Erzeugung von Referendaren an den Tag legt, seine Schwierigkeiten hat, selbst durch ungemeine Leuchtkraft juristischen Genies das Anciennetätstempo der Beförderung zu durchbrechen, und außerdem erblickte er, so genau und scharf er sich auch umsah, keine Gelegenheit, auf ungewöhnliche Manier, also außerhalb der offiziellen Klimmleiter, ein höherer Würdenträger zu werden. Denn er war nicht einmal in einem gewöhnlichen, geschweige denn in einem »besseren« Korps aktiv gewesen und hieß übrigens bloß Meyer.

Indessen, es fehlte ihm nicht an Findigkeit, und so hatte er entdeckt, daß im auswärtigen juristischen Staatsdienste ein sehr viel schnelleres Tempo des Avancements statthat, und daß dieses Tempo sich im Verhältnis zur Entfernung von Deutschland beschleunigt. Daher beschloß er, kaiserlich deutscher Konsul in China werden zu wollen.

Da traf es sich für den kühnen Referendar nun sehr gut, daß just um die Zeit, als er die erste juristische Würde erworben hatte, das Seminar für orientalische Sprachen in Berlin gegründet wurde, und zwar vornehmlich und ausgesprochenermaßen zu dem Zwecke, jungen Rechtsbeflissenen Gelegenheit zur sprachlichen Ausbildung für den Dienst in den ostasiatischen Ländern zu geben. Es schien fast, als habe das Reich bei dieser Gründung ausdrücklch die Pläne Emils im Auge gehabt, und diesem war nur das Eine fatal dabei, daß das Seminar auch den exotischen Ehrgeiz anderer Jünger der Jurisprudenz aufwecken mußte.

In der That fanden sich in der chinesischen Klasse eine ganze Anzahl junger Juristen zusammen, aber zu seiner Genugthuung konnte Emil konstatieren, daß das zumeist Jünglinge waren, die das Examensieb noch nicht passiert hatten. Es war kein Zweifel, daß er mit noch zwei Referendaren als Erster nach Peking geschickt werden würde, um sich dort als Dragomanatseleve auf Reichskosten noch weiter in der Sprache der Hansöhne auszubilden. Es kam nur darauf an, daß er sich bis zur ersten Diplomprüfung Alles aneignete, was an sprachlichen Grundlagen verlangt wurde.

Emil that, was in seinen Kräften stand. Nicht allein, daß er keine Stunde des Seminars versäumte, er leistete sich auch noch ein Übriges. Fleißig besuchte er den gemütlichen Mandschumann und Inhaber des violetten Kappenknopfes Herrn Kuei-Lin und unterhielt sich mit ihm, der kein Wort Deutsch verstand, nach Möglichkeit chinesisch, immer das Notizbuch in der Hand und unermüdlich bedacht, mit Bleistift die Zeichen nachzumalen, die der Pinsel des gefälligen Chinesen vormalte. Auch sah man ihn oft mit dem bezopften alten Herrn Straßen, Läden, Sammlungen besuchen, immer nur zu dem Zwecke, bei jedem Dinge zu fragen: Dscho sche schommo (was ist das?) und so sein chinesisches Vocabular zu bereichern.

Es ist klar, daß Emil dabei nicht viel Zeit für die Dinge übrig behielt, die sonst den Referendar in Berlin heiter in Anspruch nehmen. Zumal den Mädchen gegenüber befleißigte er sich einer strengen, ja eisigen Zurückhaltung, wie man sie sonst gewöhnt ist, mehr bei Predigtamtskandidaten als bei Referendaren vorauszusetzen.

Dies Benehmen muß verdienstlich genannt werden. Denn Emil war eigentlich nicht ohne Anlage für weiblichen Umgang und auch nicht ohne Neigung dazu. Zwar war er ein bischen klein und hatte in seinen Bewegungen etwas Schüchternes, aber man weiß, daß das manchmal recht beliebt ist. Und dann besaß er einen entzückenden Schnurrbart, und seine Augen, groß und blau, ließen auf die Gabe hingebender Zärtlichkeit schließen. Mit Recht. Emil war wirklich eine zärtliche Natur, und er wäre wahrscheinlich ein ganz verliebter Referendar gewesen, wenn nicht der Ehrgeiz und sehr solide Erziehungsgrundlagen des Gegengewicht zu den zärtlichen Seiten seines Wesens abgegeben hätten. China war es, das ihn gebietend von der Liebe wegwinkte. Er lief vor jeder Verführung davon und rettete sich hinter seine Niotzbücher mit ihrem Urwalde von verzwickten, wie Bambushalme neben- und durcheinander aufsprießenden chinesischen Schriftzeichen.

Aber, man weiß es ja, die Liebe würde selbst einen meterdicken Wall bedeckt mit Keilschrift umwerfen. Und flöhest Du in das Dickicht der Dschunggeln, Emil, verschanztest Du Dich selbst hinter den goldenen Ahnentafeln des Kung-fu-tße, ja, wenn die chinesische Mauer selber Dein Bollwerk wäre gegen die Liebe – sie kriegt Dich doch, wenn's ihr gefällt, Dich kriegen zu wollen.


Eines Abends saß Emil an seinem Schreibtisch und bemühte sich, eine Depesche des Tsung-li-ya-men, wie sich das chinesische Auswärtige Amt in Peking nennt, zu übersetzen. Es ging schon ganz gut; nur ein halb Dutzend Zeichen etwa wollten ihm nicht eingehen. Er mußte, um ihrer Bedeutung habhaft zu werden, alle seine Hefte durchsuchen. Keine kleine Mühe das! Man kann nervös dabei werden und den Chinesen ein Alphabet wünschen. Und wenn nun gar im Nebenzimmer, das von dem Deinen nur durch so eine Berliner Papiermaché- Mauer geschieden ist, fortwährend Schritte hin- und hertrippeln, Schubladen aufgezogen, Stühle gerückt und weibliche Seufzer ausgestoßen werden, so magst Du ein noch so strebsamer Referendar sein, Du wirst abgelenkt und fängst an, zu denken: »Na, was hat sie denn da drüben!«

Emil warf seinen Kopf, der eben noch im Kollegheft steckte, mit einem ärgerlichen Zungenschnalzen zurück, trommelte einen sanft nervösen Generalmarsch auf dem Zettel mit der chinesischen Depesche und wandte sich etwas unwirsch nach der Wand hin, hinter der das Getrippel, Gerücke, Geseufze fortdauerte.

Er hatte Lust, Silentium! zu rufen, aber, mein Gott, es war ja schließlich eine Dame. Zwar blos eine »höhere Näherin«, wie sie von der Wirtin mit berlinisch nüanciertem Respekt genannt worden war, aber immerhin: ritterlich, Emil, ritterlich!

Er senkte sein suchendes Haupt wieder über das Glanzlederheft und fuhr mit dem rechten Zeigefinger der Hand die Schriftzeichensäulen auf und ab. Da ging drüben eine Thür, und er hörte die höhere Näherin nach der Wirtin rufen. Einmal, zweimal, dreimal. Aber vergeblich. Nun die Worte: »Gott, ist das dumm!« Und ein neuerliches Geseufze.

Emil fing an, zu kombinieren: Am Ende fehlt dem Mädchen was; vielleicht ist ihr unwohl; sie seufzt ja in einem fort, und nun ist diese Wirtin nicht da! Ich sollte doch wohl eigentlich fragen, ob ich nicht ... Unsinn! Sie rennt ja ganz flott im Zimmer hin und her. Hol Dich der ...

Da hörte er auf einmal ganz deutlich, wenn es auch nur halb geflüstert wurde: »Herr Doktor?! ...«

Emil richtete sich stracks auf: Nanu? Da meint sie wohl mich?

– Herr Doktor? ... Ach, entschuldigen Sie ...

– Befehlen?

– Ach, Herr Doktor, möchten Sie nicht ... verzeihen Sie nur ... ich muß einen Brief schreiben und finde keine Feder ... und Frau Kummer ist ausgegangen ... und es ist schon so spät ...

– Eine Feder möchten Sie? Aber natürlich, mit dem größten Vergnügen! Breit oder spitz?

Er war ganz Hilfsbeflissenheit und ritterlich erregt. Die Stimme gefiel ihm übrigens. Es ist doch nett, wenn ein Mädchen hinter ihrer Thür Einen anflüstert. Das hat so was ... na ... so was Zutrauliches.

– Ach, bitte, lieber spitz, wenn Sie Auswahl haben.

– Einen Augenblick, Fräulein, ich habe ganz spitze.

Er warf seine kostbaren Hefte rücksichtslos durcheinander und suchte mit noch größerem Eifer, als er eben chinesische Zeichen gesucht hatte, nach spitzen Federn. Dabei überlegte er sich, wie er sie überreichen sollte. Er war schon wirklich ein bischen sehr schüchtern. Sollte er durch seine Thür ..? .. oder erst über den Gang ..? .. Vielleicht den besseren Rock anziehen ..? .. Sich in aller Form vorstellen ..? .. Oder am Ende –: einen Witz machen ..? .. Ja, einen Witz! Recht forsch! ... aber – was für einen?

Indessen hatte er die Feder gefunden. Schnell noch an den Spiegel! Und, ja, den besseren Rock! Leise! Merken darf sie das nicht. Auch ein paar Bürstenstriche über den Scheitel und, natürlich, den Schnurrbart gut nach oben! So. Und nun ... aber wo habe ich doch die Feder hingelegt! In aller Welt, wo hab ich sie nur hin ... Gottlob, da ist sie. So, nun hinüber ... nein, nein, nicht durch die direkte Thür; das wäre doch wohl ... Nein, über den Gang. Soll ich: Mein Name ist ... oder: Das ist aber nett, daß Sie keine Feder haben! ... Eigentlich ist diese Geschichte recht fatal. ...

Er fing an ängstlich zu werden. Wenn ein Dienstmann zur Hand gewesen wäre, hatte er den die Kommission besorgen lassen.

Indessen, das Schicksal hatte ihn schon mit sicherem Griff am Kragen und geleitete ihn, sanft schiebend, an die Thür der höheren Näherin.

– Bitte, Herr Doktor! ...

Emil rang noch mit einem Witze, als er über die Schwelle trat, aber als er über der Schwelle war, fand er nicht einmal gleich Worte zu einer ganz simplen Einführung.

Verflucht nochmal: diese höhere Näherin sah ja aus wie eine ... ja ... wie eine Gräfin! Und das war ja wie ein förmliches Boudoir! Diese reizenden geblümten Vorhänge! Diese netten Möbelchen! Ein Teppich! Spitzengehänge über dem Waschtisch! Und dieses pompöse Gestell da, dieses Gardinenwerk über glitzernden Messingstangen – mein Gott, in so einem Himmelbette schläft eine Näherin! Wo hat sie denn übrigens ihre Nähmaschine? He? Sie wird doch nicht etwa ...? ... Dieses Odeur ...! .. Der Schlafrock ..? ..!.. Gieb Deine Feder ab, Emil, und fleuch in den Bambuswald Deiner chinesischen Charaktere!

Emils Auge, gewohnt an das kahle schwarze Gewirr seiner Schriftzeichen, sah diese neue Umwelt nicht ganz exakt, sondern mehr in einem Schimmer aus eigener Zuthat, aber so viel war richtig: Fräulein Gertrud Seubert hatte sich recht geschmackvoll und gemütlich, mit einem unverkennbaren Sinn fürs elegant Trauliche, eingerichtet. Sie hatte den Stil ihrer Persönlichkeit auf ihr Zimmer übertragen. Und dieser Stil, man mußte nur das angenehm üppige, doch nicht übervolle Mädchen ansehen mit ihren schönen blonden

Haaren, ihrer weißen Haut, ihren lustigen blauen Augen und den sehr wohlgepflegten kleinen Kinderhänden, dieser Stil war nicht klassisch, nein, gar nicht, sondern eine Art modernes Barock, aufs Amüsante, rundlich Ausgeschwungene, Bunte gehend. Eine Vestalin, das konnte ein Blinder mit Genuß greifen, war sie nicht, aber Emils bange Fragezeichen drehten die Fühler des Argwohns zu weit. Fräulein Gertrud befand sich in einer sozial unantastbaren Stellung und in einer sehr wichtigen dazu; sie war keineswegs blos eine höhere Näherin, wie die thörichte Frau Kummer mit der übel angebrachten Verkleinerungssucht der Berlinerin gesagt hatte, sondern sie gehörte dem Generalstabe der Berliner Konfektion an, als welche, wie man weiß, die halbe Welt mit Damengaderobe versorgt: sie war Directrice in einem der ersten Berliner Konfektionsgeschäfte.

Damit ist zugleich gesagt, daß sie das ahnungsbange Backfischalter schon eine gute Weile hinter sich hatte. Auch im Konfektionsgeschäfte erreicht man die höheren Würden nicht vor einer gewissen Altersreife. In der That, es war nicht mehr lange hin, und diese molligen kleinen Füßchen, die augenblicklich in moosgrünen Pantöffelchen mit heliotropfarbenen Schleifen steckten, mußten über die bei Frauen wenig beliebte Schwelle, über der die fatale 30 steht. Aber mit so einem munteren Gesichte, mit diesem festen Fleische, diesen alerten Bewegungen und vor allem mit diesem zuversichtlichen Humor, der dem Leben noch die amüsantesten Überraschungen zutraut – was verschlägt da so ein thörichter arithmetischer Lebensabschnitt. Amor rechnet nicht mit Zahlen, sondern mit reellen Werthen.

Emil der Referendar fühlte sich also etwas beklommen im parfümierten Dunstkreise seiner Nachbarin. Du lieber Gott, hier hatte er sich mit einem »Witz« einführen wollen! Vor des deutschen Gesandten in Peking Exzellenz hätte er nicht vertatterter sein können.

Fräulein Gertrud bemerkte die Schüchternheit mit Wohlgefallen. Gerade das hatte sie jetzt gerne. Sie mochte die betont schneidigen Herren nicht mehr, die die Stiefelabsätze aneinanderschlagen wie Husarenleutnants und aus der deutschen Sprache ein Schnarrwerk machen. Wie sie den schüchternen Emil so vor sich stehen sah, nicht gerade in der Jammerstellung, wie wir sie bei den betrippten Jüng-

lingen des deutschen Lustspiels warnehmen, aber doch einigerma-
ßen in verlegener Schräge, da hatte sie gleich ein recht angenehmes
Gefühl, wie nett sich hier Bemutterung mit anderweiter Zärtlichkeit
verbinden lassen möchte.

Da Emil durchaus nichts sagte, sondern nur zwischen Daumen
und Mittelfinger der rechten Hand die spitze Stahlfeder ihr entge-
genhielt, so meinte sie, daß es gut sei, ihrerseits Worte verlauten zu
lassen.

Sie sprach: Jetzt hab ich Sie gewiß in einer wichtigen Arbeit ge-
stört, Herr Doktor! und nahm mit einem hellen Lächeln die ganz
warm gewordene Feder aus Emils Fingerklemme.

– Ach, es.. es ist mir ein Vergnügen, Fräulein. Ich habe nur ein bischen in meinen Kollegheften nachgesehen.

– Und da hab ich Sie nun mit meiner dreisten Bitte herausgeris-
sen! Ich kann mir schon denken, wie unangenehm das ist. Wer
weiß, ob Sie nun gleich wieder hineinkommen in Ihre chinesischen
Geschichten. Gott, das muß furchtbar schwer sein!

Emil blickt erstaunt auf.

Das Fräulein lachte.

– Sehen Sie, ich weiß schon, was Sie studieren. Ich hab Sie sogar
schon chinesisch reden hören!

Emil wurde immer erstaunter, aber zugleich hatte er ein Gefühl
der Genugthuung. Da er es selber für keine kleine Sache hielt, sich
mit einem Chinesen chinesisch unterhalten zu können, so nahm er
an, daß das auch anderen respektabel erscheinen müßte.

Er fragte:

– Mich...? Chinesisch...? Aber wo denn?

– Ja, antwortete Fräulein Gertrud, ich habe Sie ganz aus der Nähe
bewundert, bei Gerson, in der Frühjahrsausstellung! Aber häßlich
ist Ihr alter Chinese! So was von Mann! Sind denn die Chinesen alle
so?

Jetzt nahm Emil das Gebahren des Wissenden, heiter Wissenden
an. Er lächelte und strich sich den Schnurrbart, indem er sprach:

– Sie sollten da nur einmal meinen Südchinesen sehen, Herrn Pan-Wei-Fu aus Kanton! Der ist sogar sehr nett!«

– Ja, haben Sie denn gleich zwei Chinesen?

– Eigentlich geht mich nur der Peking- Mann an, der Alte. Ich studiere nämlich Nordchinesisch, die Beamtensprache ...

– Gott, haben denn da drüben die Beamten eine Sprache für sich? Das ist doch komisch! Ach, Herr Doktor, erzählen Sie mir doch ein Bischen!

Die Direktrice hatte es sehr schnell ergriffen, daß dieser schüchterne Herr bei seinen Kentnissen genommen sein wollte. Der Umweg über China war ihr neu, aber amüsant.

Emil war sofort bereit, die Wissbegierde der Nachbarin zu stillen, die ihm nun gleich anfing, sehr sympathisch zu werden. Er ließ sich gern einladen, auf einem der kleinen blausammtenen gepolsterten Stühle niederzusitzen, und er hielt mit seinen Kenntnissen über das blumige Reich der Mitte nicht zurück. Was Fräulein Gertrud auch fragte, Herr Emil hatte eine Antwort.

So saßen sie im roten Lampenscheine recht angenehm beieinander und schoben sich gemütlich Frage und Antwort über die wunderlichsten Dinge des chinesischen Lebens zu, während das eigentliche Interesse ihres Gespräches sich in konzentrischen Kreisen mehr und mehr an eine nähere Sphäre heranschob. Emil fing schon an, nur noch halb in China zu sein, da stieß Fräulein Gertrud, als es eben auf ihrer Standuhr elf schlug, ein leises Ach! aus:

– Gott, schon elf! Jetzt wird gleich Frau Kummer aus ihrem Kränzchen kommen. Hm, ist das dumm! Nich? Wir waren so nett im Plaudern! Aber so eine alte Tante ... na, Sie können sich denken ... da muss man schon ... Aber, nicht wahr, Sie erzählen mir 'mal weiter ...?

Sie gab ihm über den Tisch weg mit einem ungemein einladenden Blicke die Hand, und die liberale Machart des Schlafrockes brachte es mit sich, daß dabei der halbe rechte Arm in seiner ganzen weißen Fülle zum Vorschein kam.

Himmel, wie gefiel das dem Referendar! Er ergriff die kleine Hand und – ja, was wollte er denn? – behielt sie eine Weile in der seinen. Währenddessen erklärte er mit großer Bestimmtheit, daß es ihm ein ungemeines Vergnügen sein werde, seinen »Vortrag« sobald als möglich fortzusetzen. Aber wann?

Die Direktrice lächelte:

– Bringen Sie mir doch den Halter herüber, der zu der Feder gehört, Herr Doktor! So kann ich ja doch nicht schreiben!

– Richtig! rief Emil und ließ die Hand los, um sich an die Stirn zu schlagen. So was! Eine Feder und keinen Halter!

Draußen ging eine Thür.

– Herrgott, die Frau Kummer! Wie komm ich nun wieder hinaus ...?

– Pscht! machte die Direktrice und schob den Riegel an der Zwischenthür zurück. Und nun, ganz leise, ihm über die Schultern her flüsternd, während sie ihn hinausschob:

– Ich brauche den Halter noch heute... In einer Stunde vielleicht ... Ja? ...

Die Thüre zu.

Emil stand in seiner Stube. Brühheiß stand er da und sah sich erstaunt um. Dann lief er mit großen Schritten in seinem Zimmer auf und ab: In einer Stunde! Ah! ... Ja ... aber ... am Ende ... Schließlich will sie wirklich blos ... Unsinn!

Indessen, er nahm, als die Stunde vorüber war, vorsichtshalber doch den Halter mit.

Die Direktrice hat sich sehr darüber amüsirt:

– Doktorchen, im Dunkeln kann ich doch keinen Brief schreiben!


Emil, oder der verführte Referendar – kein Zweifel, das Schicksal hatte es vor, aus ihm ein ganz absonderliches Exemplar seiner Gattung zu machen. Aber wie bei seinen erstaunlichen chinesischen Studien, so fühlte er sich auch bei seinem erstaunlichen »Verhältnisse« sehr wohl. Er widmete sich ihm mit derselben stillen und stetigen Hingabe wie der Pekinger Beamtensprache, wenn auch nicht mit demselben guten Gewissen.

Anfangs, am Tage nach dem Abenteuer, hatte er sogar an Flucht gedacht.

Ausziehen! Sofort ausziehen, noch ehe die Direktrice in ihr blausammtenes Privatmilieu zurückgekehrt war!

Aber das hätte ihm nicht blos für den angerissenen, sondern auch für den folgenden Monat doppelte Miete gekostet, denn so viel mußte er sich als Jurist wohl sagen, daß die Nachbarschaft eines liebenswürdig aggressiven Mädchens nicht zu den Fällen rechnet, die zum kündigungslosen Aufgeben eines Mietsvertrags berechtigen. Und als dann Fräulein Gertrud Abends ein Papierröllchen durch das Schlüsselloch schob, darauf die Worte zu lesen waren: »Wie geht's meinem kleinen Chinesen? Nicht vergessen: 1/2 12 Uhr!«, da fand er die Idee einer heimlichen Flucht überhaupt unwürdig, unmännlich und absurd. Er hat auch nie wieder Anwandlungen dieser Art gehabt. Im Gegenteil: er verliebte sich. So soliden Leuten sind »Verhältnisse« am gefährlichsten, und wenn ein Schüchterner aufthaut, giebt's gleich einen See.

Feurig und überschwänglich wurde er ja nicht, und zum Versemachen ließ ihm schon das Chinesisch keine Zeit, aber er nahm die Sache gleich tief und bieder. Sein ganzer Grundschatz an Zärtlichkeitsgefühlen schwamm nach oben und lud sich breit und gründlich aus. Die Beiwürze des Unerlaubten, Heimlichen (Frau Kummer!) schmeckte ihm zwar ungewohnt und bedrohlich, aber im Grunde doch auch gut. Auch dem soliden Manne gewährt es ja eine wunderliche Genugthuung, wenn er sich einmal still bekennen zu dürfen glaubt: Siehe da, ich bin doch kein Philister!

Zudem war er wirklich in guten Händen. Die Direktrice wußte der Sache ein allerliebstes Wesen von bürgerlicher Ordnung zu geben. Alles Wilde, Alles, was der guten Kinderstube Emils fatal zuwider hätte sein können, vermied sie. Es war eine säuberliche Art des Unerlaubten. Netter konnte man gar nicht hinter den Kulissen der Moral vergnügt und verliebt sein. Sie ging sogar aus Emils Chinesisch ein. Ihren Namen, Trudel, ließ sie sich chinesisch aufbügeln, so daß To-lu-to-lo daraus wurde, weil ja die Nordchinesen so wunderliche Sprachwerkzeuge haben, daß sie kein R und die meisten anderen Konsonanten wenigstens nicht als Auslaut aussprechen können. Alles das lernte sie mit spaßiger Aufmerksamkeit und auch: wo ai ni (ich liebe Dich) konnte sie sehr hübsch sagen. Emil repetirte direkt mit ihr des Abends, was er in der Frühe im Seminar gelernt hatte, wenigstens, soweit es die Zeit und die Notwendigkeit, in Flüstertönen zu sprechen, erlaubte.

Diese Notwendigkeit fiel nur an den Sonntagen weg, die man zu allerlei Ausflügen benutzte. Man bevorzugte dabei durchaus die Teile der Berliner Umgebung, die nicht völlig mit Butterbrodpapieren und ähnlichen Dokumenten Berlinischer Naturschwärmerei garniert sind. Im Tegeler See giebt es ein paar kleine heimliche Inseln, wo verliebte Leute die Natur ganz ungestört auf ihre Art genießen können. Da gingen sie gerne hin. Eigentlich waren To-lu-to-los Kleider zu elegant für Idyllen, aber da sie vom Metier der schönen Kleider war, hatte sie nicht das Bedürfniß, mit ihnen vor der Welt Staat zu machen.

Ach ja, sie waren sehr glücklich so miteinander. Ein halbes Jahr verfloss in völlig ungetrübter Zärtlichkeit, und Emil nahm, wie an Chinesisch, so auch an Liebe immer noch zu. Der Gedanke, nach China zu gehen, war ihm schon gar nicht mehr sehr verlockend, denn dass ein Dragomanatseleve sich in Peking mit einer Berliner Direktrice vorstellen sollte, war ebenso ausgeschlossen wie die Möglichkeit, To-lu-to-lo ihrer Konfektionsthätigkeit in der Jägerstraße zu entziehen. Bis zur Diplomprüfung war es freilich noch ein ganzes Jahr hin. Aber was ist ein Jahr für ein kümmerlicher Zeitabschnitt, wenn man so verliebt ist wie Emil. Er fing an, China zu verwünschen und auf eine Revolution in Peking zu hoffen, die den Abbruch der diplomatischen Beziehungen mit diesem gefährlichen Lande herbeiführte.

To-lu-to-lo war ruhiger. Sie fand den kleinen Chinesen immer noch sehr nett, und wie das Alles in so guten, glatten Geleisen lief, das behagte ihr schon recht wohl, aber Perspektiven in die Ewigkeit hatte sie von vornherein nicht angelegt, und überdies konnte sie sich vorstellen, daß eine kleine Abwechslung am Ende auch nicht bitter wäre.

Wenn die Sonntagsausflüge jetzt mehr in belebtere Gegenden, am liebsten in Konzertgärten, gerichtet wurden, so war das ausschließlich ihr Werk. Sie wollte plötzlich »Menschen sehen«.

– Man muß sich auch ein bischen unterhalten, sagte sie.

– Aber hast du nicht mich? sagte er.

– Freilich, mein Süßes, aber Dich Hab ich ja auch so, und das mit dem Unterhalten mein ich überhaupt anders.

– Aber wie denn?

– Na ja, so, weißt Du, daß man 'mal neue Gesichter ... Du, sag 'mal, kannst Du nicht 'mal deinen Chinesen mitbringen? Das stell ich mir riesig drollig vor, mit einem Chinesen unter den Zelten!

– Herr Kuei geht Sonntags nicht gerne hin, wo viele Menschen sind.

– Na, dann bring einfach den anderen Onkel mit, den Südlichen. Oder fürchtet er sich auch vor den Berlinern?

– Nein, aber ... der Kanton-Mann ... ich muß Dir offen gestehen ... der ist mir nicht gerade sehr angenehm ... Mit Damen kann man ihn eigentlich nicht gut zusammenbringen. Er ... weißt Du ... er hat so orientalische Begriffe ... ja ... und er soll manchmal direkt frech werden.

– Na, Gott, wenn er doch ein Chinese ist.

– Ja, ja, Du mußt mich nicht falsch verstehen; ich mache ihm keinen Vorwurf. Er hat eben andere Kulturanschauungen, aber ich mag Dich doch keinen Dummheiten bei ihm aussetzen.

To-lu-to-lo lachte:

– Bist Du komisch! Jetzt soll sich eine Berlinerin vor einem Chinesen fürchten! Nu erst recht! Ich will Dir doch zeigen, daß ich mit so einem gelben Onkel fertig werde.

Und so war denn freilich kein Ausweg; Direktrice kommt von dirigieren. Am Sonntag, der auf dieses Gespräch folgte, traf man sich mit Herrn Pan-Wei-Fu in der Flora zu Charlottenburg.

Der Herr aus Kanton war wirklich ein schöner Chinese. An den Typus des Apollo von Belvedere zu erinnern verbot ihm freilich seine Eigenschaft als mongolischer Mensch, aber mongolisch genommen konnte er sich sehen lassen. Ziemlich lang und sehr schlank, in den Bewegungen eine würdevolle Steifheit, leise belebt durch eine gewisse Eleganz von selbstbewußter Grazie; die Gesichtsfarbe durchaus crême; die Augen schwarz und funkelnd wie überreife Brombeeren, nicht übertrieben schief liegend und auch nicht allzu schmal; die Nase beträchtlich, der Mund etwas aufgeworfen mit sehr vollen Lippen; der bis auf den Hinterkopf glatt rasierte Schädel schmal und lang; der glänzend schwarze Zopf zweifellos echt und voll, bis in die Kniekehlen hangend. Seine Hauptzierde und sein Stolz aber waren die überaus feingegliederten Hände mit den tadellos gehaltenen langen Nägeln.

Er hatte sich, wenn auch nicht mit dem Staatskleid des Gelehrten von Rang, so doch mit einem besonders kostbaren Gewände angethan: das Unterkleid moosgrün, das Oberkleid hechtblau, in den Aermelöffnungen ultramarin. Statt des gewöhnlichen Klappfächers trug er einen runden Stielfächer, der auf gelber Seide reiche bunte Bemalung aufwies. Auf fünf Meter hin verbreitete er ein Gedüfte von Moschus und Kampher.

Hocherhobenen Hauptes trat er auf seinen dick filzsohligen braunen Stiefeln einher, und als ihm To-lu-to-lo vorgestellt wurde, legte er die leise geballten schönen Hände sanft aneinander und schüttelte sie mit vollendetem chinesischen Anstände ein paar Mal der Direktrice entgegen. Dann sagte er sofort:

- China-Mann sehr lieben Berlin-Weib. Ja! Gewiss! Gewiss! Immer! Sehr!

Dazu machte er ein überaus seriöses Gesicht, indem er To-lu-to-lo mit weit geöffneten Augen bis ins Einzelne musterte. Als er damit fertig war, wandte er sich zu Emil und erklärte:

– Gut! Dick! Ja! Sehr!

Die Direktrice fand das reizend und lachte mit vollem Gesicht, indem sie ihre chinesischen Kenntnisse verwendete und fragte:

– Hao-pu-Hao? (Wie geht's Ihnen?)

– Hen hao! Hen hao! (Sehr gut!) antwortete entzückt Herr Pan, schob Emiln, der an To-lu-to-los Seite ging, entschlossen weg und begab sich an den freigewordenen Platz.

Emil erklärte ihm mit den besten chinesischen Höflichkeitswendungen, dass das des Landes nicht der Brauch sei, aber der Herr aus dem chinesischen Süden erwiderte blos in einer Art von Hammerrhythmus deutsch:

- Das geht! Ja, ja! Das geht!

Er wollte damit sagen: Sie haben ja so recht, aber ich bin aus Kanton.

Emil war entrüstet und hätte gewünscht, dass es To-lu-to-lo auch gewesen wäre. Aber die war sehr vergnügt. Sie fand den offenherzigen China-Mann nicht blos amüsant, sondern auch viel interessanter als den säuberlichen Emil, der immer blos mit den Augen flüsterte. Er drängte sich ja bedenklich nahe an sie heran, und sein Geruch war ein bischen bedrückend, aber sie empfand doch eine sehr eigene, ganz neue und gar nicht unangenehme Sensation. Sie hatte ursprünglich gedacht, der Chinese würde ein bischen eklig sein, aber nein, gar nicht! Im Gegenteil, anziehend, sehr anziehend! Alles an ihm fand sie so ... so ... rätselhaft ... so angenehm merkwürdig ... so ... na ja, daß man ganz dahinterkommen möchte.

Sie gab sich ausschließlich mit Herrn Pan ab und nahm den empörten Referendar nur noch als Dolmetscher in Anspruch:

- Du, sag ihm mal, ich möchte gerne wissen, ob er außer seiner richtigen Frau auch noch ein paar Gemahlinnen zweiten Ranges hat?

- Aber To-lu! Das schickt sich doch nicht!

Er mußte aber doch fragen.

Zur Antwort hob Herr Pan drei Finger empor und lachte:

- Ja! Ja! Gewiß! Sehr! Das geht! Das geht!

Und To-lu-to-lo:

- Nun frag ihn 'mal, ob sie nett sind, seine Frauen.

- Aber To-lu! Was muß er sich denn nur von dir denken!

Er mußte aber doch fragen.

Herr Pan wiegte sein schmales Haupt hin und her, dann rief er:

- Das geht! Das geht!

Diesmal sollte das heißen: Wie man's nimmt! Augenblicklich bin ich für Sie, mein Fräulein.

Er wurde aber noch deutlicher in der Zeichensprache. Er nahm To-lu-to-los rechten Zeigefinger und plazierte ihn neben die drei Finger, die seine Gattinen vorstellten. To-lu-to-lo wollte sich ausschütten vor Lachen, aber Emil fand diese stumme Werbung schamlos und impertinent. Er ballte seinen chinesischen Wortschatz zu einer zornigen Abkanzelung zusammen, die Herrn Pan an seine Pflichten als Ehemann und an seine Stellung als kaiserlich deutschen Lektor des Südchinesischen am orientalischen Seminar erinnern sollte.

Aber der entartete Gatte und Lektor hatte wieder blos sein leidenschaftsloses Universalwort:

– Das geht! Das geht!

Ein gewisser Ton darin zeigte deutlich, daß es diesmal heißen sollte: Junger Mann, kümmern Sie sich nicht um chinesische Sittengesetze!

In diesem Stile, an dem To-lu-to-lo sehr viel, Emil aber gar keinen Gefallen fand, ging es fort, bis es Zeit war, die Flora zu verlassen und irgendwo in Berlin zu Nacht zu essen. Emil bemühte sich, dem zügellosen Mann aus Kanton klarzumachen, daß er es für seine Pflicht halte, ihn vorher in seiner Pension abzuliefern, aber Herr Pan erklärte, daß es die chinesische Höflichkeit nicht zulasse, eher nach Hause zu gehen als eine Dame, mit der man sich gut unterhalten habe. Emil mußte sogar seine Zeche bei Kempinsky mitbezahlen und schließlich auch die Droschke, in der er den vom Champagner überfidel gewordenen Gelehrten der sechsten Rangklasse nach Hause schickte. Noch aus dem Droschkenfenster heraus sandte Herr Pan merkwürdig stilisirte Kußhände an To-lu-to-lo, unablässig mit dem Kopfe nickend und laut rufend: – Das geht! Das geht!

---

Zwischen Emil und To-lu-to-lo gab es eine Szene.

Der Referendar durchlief dabei die ganze Tonleiter des beleidigten Liebhabers, vom dumpfgrollenden Tremolo des schmerzlichen Vorwurfs bis zu den schrillen Fistelhöhen gebietender Energie. Die Direktrice aber, wenn sie nicht einfach: Das geht, das geht! erwiderte, indem sie sich vor Lachen nicht zu halten wußte, beschränkte sich darauf, in mannigfachen Nuancen den Standpunkt zu betonen, daß sie doch nicht seine Frau sei.

– Ueberhaupt bist Du komisch. Ich habe Dir ja noch gar nicht gesagt, daß ich in den Chinesen verliebt bin.

– Schämen sollst Du dich, schämen! Erstens vor mir und dann vor dem ... dem Chinesen!

– Aber so was! Schämen? Weil ich ihn nett finde und Dich langweilig?

– To-lu ... ! Ich sage Dir ... !

– Was denn?

– Bring mich nicht um den Verstand!

– Das geht! Das geht!

– To-lu! Das hätt ich nicht von Dir gedacht. Sieh 'mal, wir sind doch immer so nett zusammen gewesen, und Du liebst mich ja doch noch ...

– Ja, ja, ja! Gewiß! Sehr! Immer!

– To-lu! Ich sage Dir: Das lass ich mir nicht gefallen!

– Nicht?

– Du denkst wohl, ich bin ein kleiner Junge? Wie? Ich sage Dir ... !

– Na, nu hör aber blos auf! Bange machen gilt nicht! So was! Schlaf Dein Gift aus! Das mag ich nicht, so ein Gethue. Gute Nacht!

Sie waren an ihrem Hause. Die Direktrice ging voran. Er mußte, wie sie es Frau Kummers wegen immer hielten, noch eine Viertelstunde unten bleiben.

Gott, wie fühlte er sich unglücklich, als er auf dem Trottoir drüben auf- und ablief, immer den Blick nach To-lu-to-los Fenster, hinter dessen Gardine er ihre Gestalt sehen konnte. Zum Weinen war ihm, zum Weinen! Aber vielleicht ging Alles noch gut, wenn er nachher in aller Liebe ihr bewiese, wie unrecht sie handelte. Er pries zum ersten Male die Notwendigkeit, zu flüstern. Flüsternd und im vertrauten Dunkel kann man sich doch nicht zanken.

Das Licht in To-lu-to-los Zimmer erlosch. Nun konnte er hinauf. Nie hatte er es so gefühlt, wie lieb sie ihm war, als jetzt, wie er sein Zimmer betrat und in sich die Worte erwog, die leisen, heißen Worte, die er zu ihr sprechen wollte.

Aber der Riegel war vorgeschoben.

Emil erschrak ins Tiefste. Ihm war wie obdachlos.

– To-lu!

Keine Antwort.

– Ich bitte Dich, Tolu!

Er hat noch ein paar Mal gerufen, aber sie hat nicht geantwortet.

Bald hörte er an ihren Atemzügen, daß sie schlief. Er legte sich nicht einmal ins Bett.


Die Wollust des Schmerzes ist eine spezifische Gabe der Lyriker; Referendaren ist sie meist versagt. Emil dachte nicht einmal daran, sich rhythmisch zu entladen; nein, er schrieb, mit Einhaltung der Höflichkeitsränder oben, unten und an den Seiten, sehr deutlich und mit unverkennbaren Anklängen an jenen Juristenstil, der mit der deutschen Sprache einige Worte gemeinsam hat, einen acht Seiten langen Brief. Darin wies er zwingend nach, wie unrecht die Direktrice handle, indem sie zu ihrem üblen Betragen in der Flora und bei Kempinsky nun auch noch Trotz, Hohn und Lieblosigkeit füge. Kein Zweifel, daß es eigentlich an ihr sei, den ersten Schritt zur Versöhnung zu thun; aber sie sei ein Weib, und also wolle er sich nicht auf den Standpunkt kalter Rechtserwägungen stellen. Er habe sie viel zu lieb dazu; hier sei seine Hand; Alles möge vergessen sein. Er werde sie nie daran erinnern, wie weh sie ihm gethan habe. Möge nun aber auch sie ihm mit doppelter Liebe entgegenkommen.

Dieser Brief bereitete ihm dieselbe Genugthuung wie einem Lyriker ein schmerzhaft zärtliches Gedicht. Er fühlte sich, während er ihn schrieb, intensiv und angenehm als stoisch milden, aber doch unentwegten Mann, und als er ihn geschrieben hatte, kam eine große Zuversicht über ihn: Jetzt wird sie erst ganz meine Liebe und meinen Wert begreifen; gepriesen sei dieser thörichte Chinese, daß er mir Gelegenheit gegeben hat, ihr einmal mehr aus mir zu offenbaren als die untergebene Zärtlichkeit des verliebten Jünglings.

Er schob, als sie nach Hause gekommen war, den Brief durch den Thürspalt und hustete drei Mal energisch dazu.

Die Direktrice hatte so etwas erwartet und lächelte blos, als sie das Papier niederfallen hörte. Sehr neugierig auf seinen Inhalt war sie nicht. Sie zog sich erst hübsch langsam aus, und zwar bis aufs Hemd, lockerte mit dem üblichen Seufzer der Erleichterung (den sich Emil als Reueseufzer auslegte) das Korset und kroch in ihren blausamtenen Schlafrock. Dann begab sie sich ans Theemachen, freute sich am blauen Ausschlag der Spiritusflamme, sah wohlgefällig zu, wie das Feuerchen sich um die Nickelkanne schmiegte, wartete, indeß ihre Augen sich im Schauen weiteten, auf die ersten herauspuffenden Stöße des Dampfes und goß dann mit einem Ausdruck von Befriedigung das sprudelnde Wasser über das Kraut. Drei Minuten muß er ziehen, dachte sie sich, ja nicht länger. Nun die schöne, kleine, grüne Kanne mit dem elegant gebogenen Schnabel! So! Und nun das chinesische flache Täßchen – ob das aus Kanton ist? Fein riecht er, der Thee! Nichts schmeckt besser dazu als Ingwerbiskuits. Die legte sie sich immer schon früh bereit, immer eins halb aufs andere, wie Zinnsoldaten, wenn sie in der Reihe umgefallen sind, auf einer netten Majolikaschale. Nun trinken und schnabulieren! Nachher so ein langes, dünnes Zigarrettchen! ... Ob die Chinesen eigentlich den Thee auch so machen? Sie sollen keinen Zucker daran thun. Ob das schmeckt? ... Nee! Bitter! Brr! Ein Stückchen muß hinein! ... Wenn der Chinese blos nicht so nach Kampher und Moschus röche. Ob man ihm das abgewöhnen kann? .. Die Hände sind entschieden das Schönste an ihm ... Sonst ist er ein bißchen schmal ... Überhaupt: so merkwürdig unfleischig ... so wie aus Elfenbein der ganze Mensch ... Waden hat er wohl überhaupt keine und Muskeln mal sicherlich nicht ... Aber trotzdem, das ganze Auftreten so bewußt, so bestimmt, so angenehm unverschämt. Drollig! Aber doch, eigentlich lustig kann man sich nicht über ihn machen. Er kann gewiß recht wild werden ... Und so verliebt ...! Ich möchte eigentlich wissen, ob er ... Na, ich denke ... Ein bißchen Angst hätt ich schon ... So ein Chinese! Chi-ne-se! ... Vier Frauen hat er ... komisch. Na ja, China! ... Wie er Einen ansieht, so durch die Kleider durch... eigentlich ist es doch ein bischen... Aber es hat was: Weil er eben ein Chinese ist!... Einmal ist er mir mit seinen langen Fingern ein Stück in den Aermel 'raufgefahren – warme Knochen! Ich fühl's noch... Merkwürdig, durch und durch ging's... Ich kann mir denken, daß er Einen ganz verrückt machen kann... Ob er sich eigentlich den Zopf im Bette aufmacht? Gott, muß das aussehen! Der lange, dürre Mensch, und hinten so eine schwarze Haarlatte 'runter bis in die Knie... Strümpfe haben sie überhaupt keine und Hemden auch nicht... komisches Volk doch... Aber ein feiner Kerl ist er! Wenigstens 'mal was Anderes als unsere...«

Da fiel ihr der Brief ein, der da an der Thüre lag.

– Der gute Emil. Na ja... er ist ja recht nett und lieb. Aber auf die Dauer... Und nun will er gar so sein! Was denkt er sich denn eigentlich? Das wollen wir denn doch lieber nicht einführen! – – Also, was schreibt er?!

Sie holte den Brief, zündete sich eine Zigarrette an und las. Kopfschüttelnd. Als sie fertig war, sah sie nach der Thür zu Emils Zimmer und schüttelte den Kopf wieder. So, wie wenn Jemand gar nicht begreifen kann, was der Andere will. Aufgeregt war sie gar nicht. Nach einer Minute auch schon nicht mehr erstaunt.

Sie ging an ihr kleines Schreibtischchen, wo eine Herde Pinscher und Katzen aus Chenille stand, nahm ein steifes ockergelbes Kärtchen mit Goldschnitt und schrieb darauf: »Du bist wohl nicht ganz munter!!??«

Das ockergelbe Kärtchen ging nicht ganz leicht durch den Thürspalt. Sie mußte es mit Gewalt hineinschieben, aber kaum, daß es ein Stückchen hineingedrungen war, fühlte sie auch schon, daß es drüben ergriffen und herangezogen wurde.

Da mußte sie wieder lächeln.

Emil dagegen ...

Was ist die Wirkung des blauen Briefes auf einen alten Hauptmann gegenüber der Wirkung dieser gelben Karte auf den jungen Referendar! Er empfand nicht blos die schnöden Worte als Harpunen in seinem Herzen, sondern, angefüllt mit dem Lehrstoffe der chinesischen Klasse, wie er war, sah er auch in der Wahl der Kartenfarbe schlangenhafte Perfidie: Gelb, die Farbe des chinesischen Drachens!!

– Oh, dieses niederträchtige Weib!

Von der Höhe seiner männlichen Zuversicht fiel er in einen sumpfigen Abgrund der Verzweiflung.

Kein Zweifel, es war endgiltig Alles aus! Verstoßen war er, um eines schlitzäugigen, zopfigen, knochigen, blöden, frechen Chinesen willen verstoßen!

Wollte sie ihn verrückt machen?! Wollte sie ihn ... ah, oh,... was sollte er denn thun?

Die Thür einschlagen? Hinüberstürzen!?

Diese heroische Anwandlung war aber nur wie das letzte Aufblacken der Flamme eines Stearinlichtes. Gleich war's vorbei, und ihm blieb blos die große Niedergeschlagenheit, dieses Gefühl: Da lieg ich und bleib ich liegen, und wenn ein Lastwagen kommt, ich steh nicht auf. Und: Ach, wenn doch ein Lastwagen käme ...!

---

Emil hat noch ein paar Versuche gemacht, die Direktrice wiederzugewinnen. Briefe in einem weniger männlich-logischen Stile, Briefe mit Anflügen von weihevollem Schwung, Briefe ohne Einhaltung der Höflichkeitsränder, kurzum: Briefe, die eine Hyäne besänftigt hätten – aber Fräulein Direktrice fand sie blos »kalbsledern«. Sie hatte wirklich keine Zeit mehr für diesen Referendar mit den wasserblauen Augen und den ewig gleich sänftlichen Zärtlichkeiten. Das war ja einmal sehr nett gewesen, und es hatte ihr recht wohl gefallen, so ein großes Baby zu haben, aber kann man neben einer Feuerlilie noch ein Vergißmeinnicht ansehen? Herr Pan war die gepanterte Feuerlilie, die Fräulein To-lu-to-lo nun mit viel Sorglichkeit und Liebe in ihr Beet pflanzte. Ganz offenkundig betrieb sie ihre exotische Liebhaberei.

Dieser schamlose Lektor entblödete sich nicht, Sonntags schon früh um acht bei ihr zu erscheinen. Dann fuhren sie um 12 Uhr zusammen aus, in offener Droschke natürlich, ein Skandal und Schauspiel für die Nachbarschaft. Wie ein Pfauhahn sah der Kerl jetzt immer aus, wie ein chinesisches Gigerl! Apfelgrünes Oberkleid mit eingewobenen Pfirsichblüthen, himmelblauer Beinrock mit Goldbrokat. Dazu ein rotes Band in den Zopf geflochten und diese lächerliche goldbraune Tellermütze auf und am Gürtel den rotledernen, dick mit Gold bestickten Pinselköcher und in der Hand einen geradezu wahnwitzigen Sonnenschirm. Das Seminar sollte doch wirklich einschreiten gegen ein so operettenhaftes Betragen! Und sie! Was an Farben ihm etwa fehlte, trug sie an sich. Weil dieser elende Kantonese das Grelle, Bunte liebte, hielt sie es für nötig, in allen Farben zu schillern wie die Horndecke eines Rosenkäfers. Und die Hüte! Empörend! Schamverletzend! Die Natur scheute sich, Farben von dieser herausfordernden Frechheit hervorzubringen; wenigstens kam es dem Referendar so vor, als gäbe es dieses »Farbengewieher« auf der ganzen Welt nicht, außer auf diesen zur höheren Ehre des Herrn Pan komponierten Hüten der Direktrice. Und dabei konnte er sich nicht unklar darüber sein, daß er sie entzückend schön fand, diese »Person«, daß er hinter der Droschke hätte herlaufen mögen, um sie nur länger zu sehen, daß er .... ach Gott: es blieb ihm ja doch nichts Anderes übrig, als stumm zu dulden.

Freilich, Wand an Wand weiter hier mit ihr in einem Hause zu wohnen, das überstieg seine Kräfte. Roch es nicht durch den Thürspalt nach Kampher und Moschus? Mußte er nicht zu den schmerzlichsten Schlüssen gezwungen werden, wenn er konstatierte, daß sie niemals mehr abends vor 11 Uhr und Sonntags Nacht überhaupt nicht nach Hause kam?

– Frau Kummer, hier haben Sie die Miete für nächsten Monat; ich ziehe heute aus.

– Ja ... aber ... Herr Doktor ...?

– Ich ... ich muß. Es thut mir leid.

– Aber nee, so was! Alle zwei Zimmer leer, und Knall und Fall!

– Was, alle beide Zimmer? ...?

– Ja freilich, das Fräulein zieht ja auch! Ich weiß nicht! Ich weiß nicht! In die Dorotheenstraße zieht sie, als ob's dort schöner wäre.

– Dorotheenstraße ...!?

Das war zuviel! Also in die nächste Nähe des Menschen, wenn nicht gar in dasselbe Haus!

– Wann zieht sie denn?

– Die Woche noch, und hat doch das ganze Vierteljahr schon be-zahlt. Ich weiß nicht! Ich weiß nicht! ... Ungeziefer giebt's keins, reine wird auch Alles gemacht, kein Titelchen fehlt ...!

Sie zuckte mit dem Kopfe mechanisch hin und her und riß die Augen auf. Auf einmal schien ihr eine Idee zu kommen. Sie unter-brach ihr zuckendes Kopfgeschüttel und sah den Herrn Referendar boshaft fragend an:

– Entschuldigen Sie, Herr Doktor – aber am Ende ziehen Sie auch in die Dorotheenstraße ...?

– Nein! Ueberhaupt: ich ziehe gar nicht.

– Na nu aber!

Frau Kummer mußte sich aufs Sopha niedersetzen.

– Jetzt weiß ich gar nichts mehr! Bin ich denn drehend? Aber sa-gen Sie mir doch nur ...

Emil sagte nichts. Er fühlte nur immer: Dorotheenstraße!

Die Direktrice war ausgezogen, aber geholfen war dadurch nichts. Denn wenn er auch sie nicht mehr sah, so mußte er doch ihren chinesischen Liebhaber täglich erdulden.

Die südchinesische Klasse war aus Mangel an Teilnehmern ge-schlossen worden, und Herr Pan wohnte nun den nordchinesischen Stunden bei, weil er wenigstens beim Schreiben mit unterweisen konnte.

Da saß er nun wie ein triumphierender Truthahn dem bedrückten Emil täglich zwei Stunden lang gegenüber und machte sich ein Vergnügen daraus, seine unterweisende Aufmerksamkeit beson-ders ihm zu widmen. Regelmäßig zu Beginn jeder Stunde richtete er einen Gruß von To-lu-to-lo aus, und die Brombeer-Augen funkelten dabei höhnisch. Aber auch sonst unterließ er es nicht, dem armen Referendar ab und zu ein paar Splitter ms Fleisch zu schieben.

– Bitte lesen das!

Emil sah vier Zeichen auf hochrotem Papier. Schwere Zeichen, seltene. Endlich hatte er das erste: To!

– Sche, sche! (Richtig!)

Das zweite fand er nicht. Sein Nachbar war glücklicher: Lu!

– Sche sche!

Jetzt fühlte Emil den Splitter und verzichtete darauf, sich an der Enträtselung der übrigen Zeichen zu betheiligen.

To-lu-to-lo! erklang es im Kreise. Der Chinese hüpfte vor Vergnügen und schrieb's groß an die Wandtafel: To-lu-to-lo.

Die Zeichen hießen auf Deutsch: Fremd kommt zu Fremd und wird vertraut.

Das ist wohl wieder eine von diesen chinesischen Gnomen, deren innerer Sinn sich uns versagt, dachten die Übrigen. Emil aber begriff, packte seine Hefte zusammen, empfahl sich bei Herrn Kuei-Lin und ging.

Nein, das konnte er nicht ertragen! Der Verlust des Mädchens allein war seiner Seele schon eine schmerzliche Wunde, aber sich täglich von diesem höhnischen Hallunken mit seinen langen Fingern darin herumstochern zu lassen – nein! Ein Ende! Ein Ende!

– Wenn ich zu ihm ginge und es mir verbäte!? Unsinn!: »Das geht! das geht!«

Und dazu dieses infame Gegrinse.

Fortwährend sah er dieses Gesicht mit dem niederträchtigen dummschlauen Zuge vor sich.

Unerträglich! Diese Visage! Dieser Geruch! Diese Sprache!

Alles Chinesische war ihm plötzlich eine große Widerwärtigkeit.

Oh, diese Rasse! Verlogen! Verkommen! Verseucht! Heimtükisch! Feige! Frech! Grausam! Häßlich! Schadenfroh!

Und diese Sprache! Ein Gebell! Ein Geklapper mit Holzklötzen! Ein ungefüges kindisches Gepappel!

Dann kam das Klima dran, der Fremdenhaß, der Schmutz, der mangelnde Komfort, die weite Entfernung des Landes.

– Ein dummer Streich, weiß Gott, ausgerechnet in das unliebenswürdigste Land der Erde gehen zu wollen! Die Konsulatskarriere –

ja: ein guter Grundgedanke! Aber warum gerade unter diesen gelben, verlogenen, verkommenen etc. etc. Fratzen? Da war Japan! Persien! Indien! die Türkei!

– Wie anders wirkt dies Zeichen auf mich ein!

Zumal die Türkei. Er machte es sich klar, daß die Türkei wie für ihn geschaffen wäre. In jeder Hinsicht.

Aber die Hauptsache, die er sich indessen nicht als solche eingestand, war wohl der Umstand, daß die türkischen Stunden Nachmittags lagen, so daß er sicher sein konnte, um diese Zeit keinen Chinesen im Seminar zu sehen.

Ein Ende! Ein Ende! Und wenn das gleich so viel bedeutete, wie etwas Neues anfangen müssen. Nur nichts Chinesisches mehr! Wie Gift lag's in seinem Gehirne, dieses Tsching und Tschang und To und Lo! Hinaus mit ihm! Hinausgekehrt mit türkischem Besen! Hinter die Bücher! Hinter die Bücher! Nichts hören, nichts sehen, nichts denken als Türkisch!

Und so geschah's. Emil verschwand aus der chinesischen Klasse und tauchte in der türkischen wieder auf. Die chinesisch gebliebenen Referendare wunderten sich sehr darüber und fanden keine Erklärung, desgleichen die Studenten. Aber Herr Pan- Wei-Fu grinste und spielte mit einem ockergelben Zettel, auf dem zinnoberrot die Zeichen standen: To-lu-to-lo.

... Fremd kommt zu Fremd und wird vertraut ...

# Leberecht der Gestrenge

In einer kleinen Stadt Niederschlesiens kanzelt als Pastor primarius mein ehemaliger Freund Leberecht Wacker. Der Kreisarzt, der Amtsrichter und der Apotheker, als welche drei die Fahne des Liberalismus in dieser kleinen Stadt hochhalten (meist bei einer merkwürdigen Marke Rotwein, die sich Saint-Julien nennt, aber ganz gewiß aus dem nahegelegenen Grüneberg stammt), heißen ihn blos Leberecht den Gestrengen und finden, daß er »ganz unangenehm schwarz« ist. Das geht aber weder auf die Farbe seines Haupthaares noch seines Bartes, denn beide sind ihm sehr blond, fast rötlich, sondern auf seine theologische Seele.

– Stöcker in Duodez! sagt grimmig lächelnd der Amtsrichter.

– Ein anmaßender Mucker! pflichtet der Kreisarzt bei.

– Ein unausstehlicher Pietist! erklärt der Apotheker.

In der That kann nicht geleugnet werden, daß mein ehemaliger Freund keiner von den freundlichen Pastoren ist, die gemütlich predigen und im Privatleben gutmütig behaglich lächeln. Wenn er so auf der Kanzel steht, sehr steif, zusammengekniffenen Mundes, die kaltblauen Augen unverwandt gerade aus, so fühlt man, auch ehe er spricht, sogleich, daß dieser Mann mehr für den strengen als den linden Kanzelstil ist. Und wenn er anhebt, zu reden, so bläst es kalt über die Häupter der Gemeinde weg, die sich gleich duckt. Er spricht nicht gerade gut und gar nicht leidenschaftlich, er predigt nicht einmal im eigentlichen Sinne, – er dekretiert.

– So und so seid ihr, und so und so solltet ihr sein, also seid ihr auf dem falschen Wege. Ich aber sage euch: kehrt um!

Dann kommen praktische Nutzanwendungen, sowohl allgemeiner als auch sehr spezieller Art, scharfe Anklagen der Zeit und Welt im ganzen und der lutherischen Gemeinde von X. im besonderen. Den Bilderschmuck der Sprache liebt er dabei nicht, lyrische Anwandlungen sind ihm fremd, und was er an Pathos besitzt, braucht er polemisch herbe auf, statt es nach Art der schwärmerisch gottlobesamen Kanzelredner seelenbrünstig zum Preise der erhabenen Weltordnung aufzurollen als einen gewaltigen Wortteppich. So ist er auf der Kanzel. Noch mehr beinahe steckt er den Gestrengen bei den übrigen Handlungen seines Amtes heraus. Besonders rigoros ist er in Aberkennung des Myrtenkranzes bei Bräuten, die den Termin spezifisch ehelicher Zärtlichkeiten nicht ganz genau eingehalten haben. In diesem Punkte ist er erstaunlich gut unterrichtet, und es heißt, daß er die erotischen Beziehungen seiner Gemeinde von Spionen überwachen läßt, wie der Staat revolutionäre Umtriebe. Soviel ist gewiß, daß er großen Wert darauf legt, das Privatleben seiner Herde, bis unter die Bettdecke genau, zu kennen. Da er sich zu diesem Zwecke der Ohrenbeichte als Lutheraner nicht bedienen kann, und da die guten Leute von X. ihm ihre intimeren Heimlichkeiten nicht freiwillig anvertrauen, so ist er darauf angewiesen, nach Möglichkeit selber nachzusehen, und da mag es wohl sein, daß er denjenigen seiner Gemeindeglieder manchmal etwas lästig erscheint, die, ohne gerade stolze Britten zu sein, dem Grundsatze huldigen: my house is my castle.

Ohne Zweifel thut Leberecht auch mancherlei Gutes, zumal an Kranken, Alten und Armen. Aber er thut es in recht eigentlich unmilder Art. Indem er unterstützt, erhebt er nicht zugleich, sondern drückt eher nieder. Wenn er in ein Haus tritt und die Mitteilung einer Unterstützung bringt, so verbreitet er doch nicht Licht und Wärme und macht keine helle Freude. Denn es ist keine Wärme, kein Licht, keine Freude in ihm. Er hat nicht das Lächeln und die leicht aufliegende Hand des geistlichen Freundes, sondern er ist immer der geistliche Lehrer und Richter, der stets auch züchtigt, indem er mitteilt.

In seinem eigenen Hause handelt er nicht anders. Wie er selbst die Gabe des Lachens nicht besitzt, ja nicht einmal richtig zu lächeln weiß, so trägt auch seine Frau, die magere Pauline, beständig einen tief eingegrabenen Ernst zur Schau, und selbst seine Kinder, der sechsjährige Fürchtegott und die fünfjährige Johanna, haben schon Leberecht- und Paulinengesichter. Man wundert sich fast, wenn sie Vater und Mutter sagen; man erwartet, daß sie ihre Eltern mit Herrn Pastor und Frau Pastor anreden werden. Die Dienstboten halten es in Leberechts Hause nur kurze Zeit aus, obwohl die Küche dort gut und die Arbeit nicht übermäßig ist. Denn sie dürfen nie auf den Tanzboden gehen, und das Singen bei der Arbeit ist durchaus verpönt.

Für das ganze Wesen Leberechts giebt es eigentlich kein deutsches Wort; man kann nur triste sagen. Es ist der vollkommene Ausschluß alles Heiteren, der diesem Wesen sein Gepräge giebt. Mir ist es immer so vorgekommen, als fehlte es meinem ehemaligen Freunde, seitdem er Pastor ist, am Eigentlichen des christlichen Menschen. Er ist ein strenger Diener seiner Kirche, ein theologischer Beamter von äußerster Gewissenhaftigkeit, ein dogmatischer Bureaukrat. Es fehlen keineswegs die respektablen Eigenschaften dieser Menschenklasse, er ist, wie er ist, geradezu musterhaft für diesen ganzen Menschenschlag, es fehlen aber auch nicht die weniger lobwürdigen Eigenschaften des Bureaukraten, der blos Bureaukrat ist. Besonders Pedanterie und Herrschsucht treten deutlich hervor. So ist Leberecht in der That keine gerade angenehme Figur, und auch ich, der ich durchaus keine Generalantipathie gegen die Theologen unter den Menschen empfinde, nehme meinen Weg gerne auf dem rechten Bürgersteige, wenn er auf dem linken geht.

Den zornigen und abschätzigen Diatriben des liberalen Triumvirates schließe ich mich aber doch nicht an. Das kommt daher, weil ich Leberechts Geschichte kenne. Ich weiß, wie es gekommen ist, daß er gar so triste wurde, und ich kann mir nicht helfen: er thut mir leid.

Ich kannte ihn schon als Knaben. Er war ein frischer rotbäckiger Bauernjunge mit hellen, gescheidten Augen. Wenn ich in den Ferien zu meinem Onkel, dem Rittergutsverwalter, aufs Dorf durfte, war er mein liebster Geselle. Ich erzählte ihm von der großen Stadt, wo ich bei meinen Eltern wohnte, und er lauschte meinen Worten, als verkündete ich ihm eitel Märchen und Wunder.

Eine Pferdebahn, – was für ein erstaunliches Ding! Brennende Luft auf Säulen von Metall leuchtend, – wie kann das nur sein! Kirchen, in denen tausend Menschen sitzen und zu den Klängen einer Orgel singen, deren große Pfeifen so dick und hoch sind wie die Stämme der Erlen am Gutsbache, – ist das auch wahr?

Ich sehe ihn noch mir gegenüber im Grase sitzen und seine großen blauen Augen auf mich richten, die sich weiteten in dem Bestreben, eine Vorstellung des Vernommenen zu gewinnen. Dann kam er immer schnell auf die Schule zu sprechen und fragte in seiner harten schlesischen Sprache: Is wul schwar in dar Schule?

Natürlich that ich darauf erstaunlich weise und entwickelte gewaltige Lehrpläne, indem ich die unabsehbaren Schwierigkeitsgefilde besonders der Geographie und römischen Geschichte mit ein paar kühnen großen Linien entwarf. Aber statt ihn damit abzuschrecken, erweckte ich in ihm nur die Begier, all diese geheimnisvollen und fremden Dinge auch zu lernen.

Bald waren meine Schulbücher, die ich mir immer mit dem hellsten Eifer des guten Vorsatzes mitzunehmen pflegte, ohne mich doch jemals beim Onkel durch sie von ländlicher Muße abhalten zu lassen, mehr, viel mehr in seinen Händen, als in meinen, und selbst ich merkte es, so jung ich doch war, daß Leberecht auffällig schnell begriff, was er las, und es ging mir durch den Kopf: Warum darf eigentlich Leberecht nichts lernen?

Ich fragte meinen Onkel.

– Tja, sagte der, Leberecht ist ein armer Junge; seine Eltern können ihn nicht in eine Stadtschule schicken. Sie werden froh sein, wenn er hier fertig ist, damit er bald etwas verdient. Er wird aber wohl kein tüchtiger Knecht werden. Er sieht recht spärlich aus.

Das hinterbrachte ich in aller Einfalt und kindischen Grausamkeit meinem Freund:

– Lern doch nicht immer in meinen Büchern! Deine Eltern können dich doch nicht in die Schule schicken. Du mußt ein Knecht werden. Natürlich mußt du erst mehr Kräfte kriegen.

Ich entsinne mich des Blickes noch, den er auf mich warf, als ich das so kalt hin und nicht ohne den Hochmut des Stadtkindes sagte, das sich seiner Vorzüge bewußt ist. Es war kein freundlicher Blick.

Ich suchte auch gleich wieder gut zu machen, was ich angerichtet hatte, denn ich fühlte wohl, daß es nicht recht von mir gewesen war, ihm das zu sagen. Ich versuchte ihn zu trösten, indem ich ihm schilderte, wie langweilig die Schule sei, die Lehrer wie streng, das Leben in der Stadt wie öde gegenüber diesem freien Umherstreifen in Wiese und Wald. Er schüttelte blos den Kopf und sah sehr traurig aus.

Seit diesem Gespräch, das hat er mir später oftmals gesagt, hat er nicht aufgehört, seine Eltern zu bedrängen, daß sie ihn in die Stadt auf die Schule schicken sollten. Er hat dafür von seinem Vater nur Prügel gekriegt, aber die Mutter, eine auffällig zarte Frau, hat ein Ohr für diese Bitten gehabt, und sie hat sich, als sie fühlte, daß der Junge nicht ablassen würde von seinem Wunsch, als sie merkte, daß er krank darüber wurde, an den Pastor des Dorfes gewandt, ihn zu fragen, was denn in diesem unglückseligen Falle zu thun sei.

Der alte Pastor Kuhn war ein milder, gütiger Herr. Er hat sich den Jungen kommen lassen und ihn mit Lindigkeit ins Gebet genommen. Er wollte ihm die thörichte Einbildung ausreden, denn an etwas anderes dachte er nicht, ehe er Leberecht vor sich hatte. Aber als der zu reden anfing, da hat er sogleich gemerkt, daß hier ein Trieb lebendig war, für den es einen festen Grund im Wesen dieses absonderlichen Bauernjungen gab: Begabung nnd ernstlichen Ehrgeiz.

Darum hat er sich sogleich vorgenommen, Sorge zu tragen, daß dieser Trieb nicht ausgeprügelt, sondern vielmehr thätig gefördert würde. Er hat dies selbst begonnen, indem er den Jungen bei sich in die Schule nahm, und wie er dann von Tag zu Tag deutlicher merkte, daß Eifer und Fähigkeit zum Lernen gleich groß in ihm waren, da hat er nicht eher Ruhe gegeben, als bis der alte kinderlose Graf, der das Rittergut besaß, eine Summe für Leberecht festlegte, genügend, die Kosten zu seiner Ausbildung bis zur Absolvierung eines Gymnasiums zu bestreiten.

So ist Leberecht erst in die Stadtschule und dann aufs Gymnasium gekommen, und so schnell und gut hat er gelernt, daß er, der nur ein Jahr älter als ich war, trotz meines Vorsprungs mich doch schon in der Untertertia einholte. Ich war erstaunt, wie er sich umgewandelt hatte. Er war gar nicht der Bauernjunge mehr, als den ich ihn mir immer noch vorstellte; er hatte vielmehr etwas sehr Zartes und Blasses; in seinen Bewegungen drückte sich eine sonderbare Scheu aus, in seinen Augen lag immer etwas wie Furcht. Unablässig war er in Angst, es möchte ihm ein schlesischer Dialektausdruck entfallen, und immer wiederholte er mir die inständige Bitte, ich möchte den anderen Tertianern nichts davon sagen, daß er noch vor ein paar Jahren ein Bauernjunge gewesen war. Als er in der Klasse den Stand seines Vaters angeben mußte, stockte er erst und sagte dann mit geschickter vermeidung des Wortes Bauer: Landmann.

Ich mochte ihn auch als Schulkameraden ganz gut leiden, denn er behielt mir gegenüber immer ein gewisses Wesen bei, das ich nicht Unterwürfigkeit nennen mag, das aber einen leisen Schein davon hatte, der mir recht wohl behagte. Ich spielte mich dafür als den flotten Stadtjungen auf, dem es nie fehlen kann, und ließ ihn voll Huld an manchen Annehmlichkeiten meiner besseren Umstände teilnehmen. Sonntags ließen ihn meine Eltern zu Tische laden, und stets war in meiner Frühstücksbüchse auch etwas für ihn, der von seinen Pensionseltern nie etwas anderes als eine trockene Semmel mitbekam.

So ging es durch die Tertianerjahre. In der Sekunda schieden sich unsere Wege etwas, weil ich mich gewaltig in jene Unternehmungen von Wucht und Nachdruck warf, die um diese Zeit den werdenden Jüngling bewegen: literarische Kränzchen in Verbindung mit viel Bierkomment. Leberecht that da nicht mit. Es lag ihm nicht und schien ihm überdies unerlaubt. Dafür arbeitete er um so fleißiger, und als wir in die Prima eintraten, war er Primus der Klasse. Da wurde er mir natürlich unsympathisch, und ich nannte ihn empört einen Streber.

– Ochse doch nicht immer so blödwitzig! sagte ich ihm. Du bist ja ein Stumpfhuhn.

Und ich erzählte ihm von meiner blonden Flamme, der ich mit violetter Tinte Sonette auf rosa Papier schrieb.

Aber dafür hatte er ebensowenig Sinn, wie für unsre literarische Kneipzeitung, in der ich ihn auf das Schauderhafteste mit Epigrammen verfolgte. Er erklärte mir kurz und gut, daß er solche Allotria lächerlich fände, aber mir schien es manchmal, als hätte er eigentlich ganz gerne mitgemacht, wenn ihm nur nicht die Schneid dazu gefehlt hätte. Ich empfand im Grunde ganz richtig. Es war bei ihm das Gefühl, daß er sich derlei nicht erlauben durfte, da er doch ein armer Bursche war, bei dem es noch gar nicht einmal feststand, ob sich überhaupt nach bestandenem Abiturientenexamen die Mittel zum Studieren finden würden. Immer drohte dieser eine Gedanke über ihm.

Der Graf kümmerte sich persönlich gar nicht um seinen »lateinischen Lümmel«, wie er ihn nannte. Zwar hatte er dem Pastor gegenüber erklärt, er werde ihm auch die Möglichkeit zum Studieren geben, aber etwas Bestimmtes lag nicht vor, und die Eltern Leberechts, zumal der Vater, hörten nicht auf, dem armen Burschen in jedem Briefe das Unglück vorzustellen, das nun eintreten würde, wenn der Graf nicht Wort hielte.

Und das war nun die Zeit, wo wir anderen kein besseres Thema wußten, als von unserem künftigen Studium zu reden und von der Freiheit des Studentenlebens. Da fuhr denn auch ihm manchmal die Frage entgegen: Was willst du denn eigentlich studieren, Wacker?

– Ich? .. Ich weiß noch nicht, antwortete er dann und that gleichgültig.

Aber er wußte es sehr wohl: die klassische Philologie hatte es ihm angethan. Ein Professor wäre er gerne geworden Die Lehrer sagten es ihm ja selber, wie er dazu in jeder Hinsicht bestimmt zu sein scheine, er, dessen lateinischer Stil nie von Cicero abirrte, und der jede Sallustianische Wendung schon genau so als feuilletonistisch empfand wie der Herr Rektor. Die klassische Philologie und das klassische Altertum überhaupt, das schien ihm ein gar herrliches Arbeitsfeld. Er hatte die Ideale der leitenden Professoren unserer Schule einfach übernommen, weil seine Phantasie ihm keine anderen eingeben konnte. Er sah nichts Höheres als einen Scholarchen, und einmal Gymnasialrektor zu werden, das schien ihm ein Ziel über allen Zielen.

Aber er wagte es nicht, sich diesem Ideale hinzugeben, denn er wußte ja, daß nicht er der Herr seiner Entscheidungen war, sondern der alte Graf in Berlin, der noch niemals daran gedacht hatte, ihn zu fragen, welches Studium er sich erwählen möchte.

So brachte er das letzte Gymnasialjahr in Bangen und Ungewißheit zu, und selbst in dem Augenblicke, als er nach bestandener Reifeprüfung als primus omnium zuerst gefragt wurde, bei welcher Fakultät er sich einschreiben lassen wolle, wußte er keine bestimmte Antwort zu geben.

An diesem Tage war es, daß er mir sein Herz ausschüttete.

Ich war ja ein hinlänglich leichtsinniger Mulus und wußte eigentlich auch noch nicht genau, welche Fakultät ich beehren wollte, aber ich fühlte doch, wie bitter die Lage dieses Menschen war, der, obgleich mit einer Prämie und dem besten Zeugnis entlassen, sich plötzlich wie verstoßen fühlte.

– Was soll ich nun thun, wenn der Graf kein Geld mehr giebt? Und wenn er nun verlangt, ich soll Jurist oder gar Theologe werden?

– Na, Gott, Pastor ist doch ganz nett.

– Nein, ich sage dir ... Weißt du: ich *kann* blos Philologe werden ... Alles andre ist mir schrecklich. Die ganze Zeit über habe ich immer blos an Philologie gedacht, und ich weiß ja, daß ich blos dazu passe. Ich ... ich glaube auch ganz sicher, daß ich dazu ... daß ich Talent dazu habe, und überhaupt: wenn man so an einer Sache hängt! Die ganze Welt ist mir ja gleichgültig dagegen. Ich interessiere mich ja blos für das Altertum.

– Gott, das bildest du dir wahrscheinlich blos ein. Ich kann mir gar nicht vorstellen, wie sich unsereins für diese schöne Gegend ordentlich interessieren kann. Siehst du, wenn du damals in unser Litteratur-Kränzchen eingesprungen wärst, da hättest du auch andere ...

– Nein! Nein! Seit Untersekunda schon steht es bei mir fest. Und Du mußt nicht denken, daß es blos die Philologie ist. Nein: das Altertum selber! Diese große Zeit! Diese herrliche Welt! Ich kann mir überhaupt gar keine anderen Gelehrten denken als die, die die Geheimnisse dieser wunderbaren Reste erforschen, von denen jeder heilig ist.

– Na, weißt Du, das finde ich doch ein bischen komisch, so aufgeregt von dem Zeug zu reden, mit dem sie Einen acht Jahre lang vollgenudelt haben, bis es Einem am Halse steht. Einfach scheußlich ist der Kram! Ich bin froh, daß ich ihn los bin. Natürlich: Homer, – eine feine Nummer! Aber jetzt 'mal was anderes. Kennst Du Ibsen?

Ich kann auch Zola gesagt haben. So ein Mulus springt possierlich durch die Literaturgeschichte.

Leberecht aber machte blos ein bekümmertes Gesicht. Meiner Einladung, mein Gast bei der Münchner Kathi zu sein, leistete er keine Folge.

Die Mulusferien gingen mir recht angenehm dahin, dann fuhr ich nach Zürich und belegte eine erkleckliche Anzahl von Kollegs aus verschiedenen Fakultäten. Logik und Anthropologie, altprovençalische Grammatik und Scherrsche Universalgeschichte bildeten einen bunten Ringelreihen um mich, dem ich mich aber bald entzog, um in Oberstraß bei ein paar Nihilisten und Nihilistinnen Russisch zu treiben und in vergnügsamen Gartenetablissements des Lebens hochgeschürzte Seite kennen zu lernen.

Da erhielt ich eines Tages folgenden Brief von Leberecht:

*Lieber Freund!*

Heute habe ich durch Zufall deine Züricher Adresse erfahren und gehört, daß Du in der freien Schweiz ein freies, fröhliches Leben führst. Vielleicht interessiert es Dich, auch etwas von mir zu erfahren.

Mein Leben ist nicht so frei und fröhlich, wie das Deine, aber Student habe ich doch wenigstens werden dürfen. Und so habe ich schließlich doch auch Ursache, Gott zu danken. Deun beinahe wäre es anders gekommen.

Als ich nach dem Examen nach Hause kam, wurde ich nicht so empfangen, wie es Dir und den anderen wahrscheinlich im Elternhaus geschehen ist.

»Was soll nun blos werden?« das war das *A* und *O* in den Reden meiner Eltern. Meine Mutter hat geweint, und der Vater hat geflucht und ausgespuckt. Ich habe vergeblich versucht, ihnen klar zu machen, wohin mein Sehnen stand. Sie können es ja auch nicht verstehen.

Es wurde mir bald klar, daß sie nur immer das Eine gehofft hatten, in mir einmal einen Pastor zu sehen, wenn der Herr Graf so gnädig wäre, das zu erlauben, und alles andere schien ihnen ohne weiteres unverschämte Phantasterei. Auch der gute Pastor Kuhn hatte nichts anderes im Auge, und er hielt es für selbstverständlich, daß ich den Grafen um nichts andres bitten dürfte, als um die Unterstützung zum theologischen Studium.

Es half nichts, daß ich ihm erklärte, keine Neigung zu diesem Berufe zu haben, ja, daß ich der Kirche eigentlich kalt gegenüber stünde. In seiner milden Weise erwiderte er mir darauf, daß der Zweifel, von dem ich aber gar nicht gesprochen hatte, denn ich stehe ja eben der Theologie wie allem übrigen einfach gleichgiltig gegenüber, die stärkste Brücke zum Glauben sei bei rechten Gotteskämpfern, deren jeder durch die Überwindung dieser schlimmsten Schwachheit des Geistes nur an Kräften gewinne zur endlichen Erstreitung der göttlichen Wahrheit.

Trotzdem habe ich es versucht, vom Grafen die Erfüllung meines sehnlichsten Herzenswunsches zu erbitten, nein, zu erflehen. Ich habe ihm einen vierzig Seiten langen Brief geschrieben und alles auseinandergesetzt und dargelegt, was mich erfüllte. Mein Brief kam mit folgender Randnote wieder an mich: Brevi manu mit dem Bemerken zurück, daß Briefschreiber Theologie zu studieren hat, wenn ich ihn unterstützen soll.

Gleichzeitig hat er dem Pastor geschrieben, daß er aus meinem Briefe mit Bedauern den Geist moderner Begehrlichkeit und Überhobenheit gespürt habe, daß er aber trotzdem, da er nun einmal »leider« seine Hand dazu geboten habe, mich aus den Gleisen meiner eigentlichen Bestimmung ausspringen zu lassen, bereit sei, mich auf die Dauer von sechs Semestern, nicht länger, zu unterstützen, vorausgesetzt, daß ich in Breslau dem Studium der Theologie obliegen werde.

Du kannst dir denken, wie mich das niedergeschlagen hat. Ich wollte mich anfangs direkt auflehnen und legte mir allerhand Möglichkeiten zurecht, wie ich vielleicht doch mit Hilfe von Stipendien und Privatstundenhonoraren meinen Lebenswunsch durchsetzen könnte, aber da stieß ich nun natürlich wieder auf das Weinen meiner Mutter und das Fluchen meines Vaters, und selbst der alte gute Pastor Kuhn wollte mir das Haus verbieten.

Da hab ich denn einen Strich quer durch alle meine Wünsche gemacht und habe einen – Dankbrief an den Grafen geschrieben.

Ich bin nun einmal »der aus seinem Gleise gesprungene« Bauernjunge, der froh sein muß, kein Knecht werden zu müssen, und mir ziemt es, die Hände zu küssen, die mir ins Gesicht geschlagen haben.

Aber nein: es ist unrecht von mir, in diesem Tone zu reden, denn bei all dem Leide ist mir auch ein großes Glück widerfahren, ein Glück, ohne das ich freilich diesen Schlag wahrscheinlich überhaupt nicht verwunden hätte.

Denke dir, – aber ich bitte dich, sage Niemand etwas davon, – Pastor Kuhns Ida und ich haben uns heimlich verlobt. Ich kann dir nicht sagen, wie das gekommen ist, denn ich bin nicht imstande, mit Worten dieses Herrliche zu schildern, aber dies eine magst du wissen: mit diesem Troste in der Seele will ich und werde ich das Schwere eines aufgezwungenen Berufes mannhaft tragen und schließlich, wenn auch nicht im Ganzen meines Lebens, so doch in einem guten Teile glücklich werden.

Dein alter Schulkamerad und Freund,
der, Gott seis geklagt, Student der Theologie
*Leberecht Wacker.*

So so, dachte ich mir, Theologe und verliebt dazu, – der arme Kerl! Im Übrigen verachtete ich ihn, daß er dem Grafen einen Dankbrief geschrieben hatte. Im ersten Semester ist man ein sehr entschiedener Herr.

Dann habe ich Leberecht eine ganze Weile aus den Augen verloren, denn ich mußte eine dunkelrote Mütze tragen und sehr häufig auf dem Mensurcrux stehen. Hatte auch viel mit mancherlei Mädchen zu thun, die mir interessanter waren als Leberecht.

So würde ich kaum in der Lage sein, über seine weitere Entwickelung zu berichten, wenn ich ihn nicht doch in bestimmten Zwischenräumen während der Ferien immer wieder gesehen hätte.

Das erste Mal traf ich ihn als einen stillen Menschen von allzu deutlich betonter Bescheidenheit an, der zwar, das merkte man gleich, in unbehaglichen Verhältnissen lebte, für den es aber eine seelische Zuflucht gab, die ihn immer wieder aufrichtete. Nicht zur Fröhlichkeit zwar, aber doch zu einer trostvollen Hoffnung.

– Na, hast du die Trennung von den braven Griechen und Römern glücklich verwunden? fragte ich ihn in meinem damaligen Fuchsentone, den ich sehr forsch fand, gleich beim ersten Wiedersehen.

– Ach, bitte, antwortete er, laß das. Ich denke nicht mehr daran, weil ich nicht mehr daran denken darf. Ich studiere Theologie und suche das Andere zu vergessen. Es geht schon. Übrigens ist das Hebräische wirklich sehr interessant.

– Na also! Die alten Juden waren auch nicht von Pappe, und ob man nun Zeus sagt oder Jahveh, es kommt immer auf dieselbe Couleur hinaus.

– Ich bitte dich, sprich nicht in diesem Tone. Da ich nun doch Theologe bin, darf ich so mich nicht unterhalten.

– Ach so, du bist auch gleich fromm geworden? Muß das denn sein? Aber bon, ich will deine Fakultätsbedenken respektieren. Reden wir also nicht vom Gotte der alten Juden! Wie gehts dir denn sonst?

– Wie soll mirs gehen? Ich ducke mich und sage sehr oft: meinen herzlichsten Dank!

– Wieso?

– Mein Gott, ich lebe doch von anderer Leute Gnade.

– Ach so, der Graf ...

– Nicht blos der. Den sehe ich wenigstens nicht, und er hat sich ausdrücklich alle Dankesbezeugung von mir verbeten. Blos immer zu Neujahr muß ich ihm schreiben. Das ist leicht. Aber sonst ....

In seinen Augen war ein unangenehmes Irren, wie wenn er Jemand voll Haß suchte. So ein verbitterter Sklavenblick.

Ich drang in ihn, mir zu erzählen, worunter er denn so litte.

Und er erzählte mir. Es war keine Leidenschaft, kein Aufbäumen in Ton und Wort, aber eine tiefe Erbitterung in seiner Rede. Ich sah, dieser Mensch leidet stumm und denkt an Rache, ohne es klar zu wissen. Er läßt sich treten und wagt nicht einmal auszuweichen, aber er ist keiner von denen, die unempfindlich gegen Demütigungen sind. Nur fehlt es ihm an Temperament und Kraft, auszubrechen aus dem Käfig. Er fühlt seine Kraftlosigkeit und hat nur den einen Trost: später, später!

Es war die jämmerliche Tragödie des Freitisches. Mir erscheint es nicht zweifelhaft, daß das, was er so tragisch empfand, für andere nur komisch gewesen wäre, für andere, die ein bischen Humor, starke Selbstzuversicht, eigene Freiheit und Frische in sich haben. Aber es war nun eben so, daß Leberecht diese Eigenschaften nicht besaß. Er war schon damals halb aufgerieben, ein Entwurzelter. Dazu kam, daß er entschieden besonders Pech mit seinen Freitischen hatte.

Da war der erste, bei einem städtischen Bureaubeamten. Dem hatte ein verstorbener Bruder, der Pastor gewesen war, sein Vermögen hinterlassen, doch mit der Bestimmung, daß er zweimal in der Woche einem Studenten der Theologie Freitisch gewähren solle. Er that es auch, aber mit Wut im Herzen gegen den Freitischler, der, wie er meinte, langsam aber sicher »das lappige Vermächtnis auffraß.« Er war ein sehr unangenehmer Herr, der gleich bei Annahme Leberechts erklärte, daß ihm diese Freitischgewährung kein hervorragendes Vergnügen bereitete. Er aß wohl auch sonst nicht lukullisch, denn er war geizig, aber an den Freitischtagen herrschte die äußerste Knappheit demonstrativ als Prinzip. Daher sahen auch die übrigen Familienglieder mit Ärger auf den »Suppen-Kandidaten«, den sie als Grund der besonderen Fasttage erkennen mußten. Kaum, daß ein Wort bei Tische gesprochen wurde. Selbst das Klappern der Löffel schien für Leberecht einen feindseligen Klang zu haben. War der Hausherr in besonders übler Laune, so ließ er es auch nicht an höhnischen Reden fehlen. »Sie stochern ja so am Fleische herum, Herr Kandidat! Es thut mir recht leid, daß ich Ihnen kein Filet vorsetzen kann. Na, später werden Sie es ja nachholen. Die Herren Pastoren lassen sich nichts abgehen.«

Dagegen war Nummero Zwei ein fröhlicher Herr. Der war ein ebenso freisinniger wie witziger Kaufmann, der gerne sein Späßchen hatte und sich seinen theologischen Freitischler als eine Art Hofnarren hielt. »Liebet Eure Feinde!« sagte er, »und darum füttre ich einen Kandidaten.« Es gab gut bei ihm zu essen, aber Leberecht mußte sich viel gefallen lassen. Bald stellte Herr Meyer die ernsthafte Frage, ob das Kalb, dessen Nierenstück da in saurer Sahnensauce lag, auch eine unsterbliche Seele gehabt habe, und, wenn, ob diese besagte Seele nun auch im Himmel sei? Bald schärfte er seinen etwas stumpfen, aber recht schartigen Witz direkt an Äußerlichkeiten Leberechts und fragte, ob es für Theologen ein paragraphiertes Gesetzbuch gäbe, nach dem sie verpflichtet wären, ihren Konfirmationsrock bis zum Staatsexamen zu tragen. Bald forderte er Leberecht auf, eine kleine Predigt oder wenigstens eine Vorlesung über dogmatische Gegenstände zu halten. Und alles, was Leberecht sagte, war ihm eine Quelle erstaunlicher Heiterkeit. Im einfachsten Worte, in der knappsten Antwort fand er durch die infame Kunst des Witzboldes, alles zu verdrehen und zu verzerren, eine Albernheit oder Schiefheit. »Hört nur den Kandidaten! Hahahaha! Ja, so ein Theolog rechnet uns aus, wieviel Engel auf einer Nadelspitze tanzen können. Das ist historisch! Nicht wahr, Herr Pastor? Sagen Sie mal: Wenn ein Engel Schnupfen hat, niest er dann?« Und mit ihm sah die ganze Familie Meyer in Leberecht eine komische Figur. Selbst die Kinder erlaubten sich ungezogene Scherze mit ihm, und der Alte wollte sich ausschütten vor Lachen, wenn auf Leberechts Rücken ein Kreidekreuz von der Hand des Jüngsten prangte.

Der dritte Freitisch dagegen war fromm. Es waren zwei alte unverehelichte Damen, die ihn hielten. Sie hatten jeden Tag einen andern Theologen bei sich zu Gaste, und die Technik ihrer unausstehlichen frommen Tadelsucht bestand darin, daß immer der Theologe von gestern dem Theologen von heute als Muster vorgeführt wurde. Kaum war das Amen des Tischgebetes verklungen, so ging es los:

»Nein, Herr Wacker, wie gleichgiltig beten Sie zu unserm Herrgott! Ein zukünftiger Pastor sollte wahrlich schönere Worte finden und nicht in diesem kalten Tone zum Geber aller Gaben reden, ohn den nichts ist, das ist, von dem wir Alles haben. Ach, wenn Sie einmal Herrn Stellmacher beten hörten! Herr Stellmacher, ach, der betet so innig, der hat so einen Tonfall des Herzens, und seine Augen, seine Augen, die sind so ... Ja, Herrn Stellmacher könnten Sie sich zum Muster nehmen. Herr Stellmacher, das ist ein Theologe, wie er sein soll. Herr Stellmacher, das wird einmal ein Pastor! Schon in seinen Bewegungen zeigt Herr Stellmacher den Knecht Gottes, und es ist immer so erbaulich, wie er das Mahl mit schönen Sprüchen würzt und nicht blos immer darauf bedacht ist, zu nehmen und zu essen. Nicht wahr, Amalie?« Und dann begann Amalie das Lob des Herrn Stellmacher auf dem dunklen Hintergrunde der Leberechtschen Gebrechen hell und herrlich aufzutuschen in eitel Glorie und Glanz. Leberecht ging nie anders von diesem frommen Tische, als zerknirscht und tief bedrückt von einem Gefühle grenzenloser Unzulänglichkeit.

Selbst beim vierten Freitisch, im Hause eines reichen Rentiers, der ihn aus gutherziger Laune hielt, litt Leberecht. Dort hielt man ihm nichts vor, verspottete ihn nicht, behandelte ihn nicht feindselig. Alle, der behäbige Hausherr, die stattliche Hausfrau, die beiden hübschen Töchter, und der Sohn, ein flotter Jurist im dritten Semester, kamen ihm freundlich und heiter entgegen. Die Speisen waren zahlreich und gut, es gab Wein bei Tische, nach dem Essen musizierten die Mädchen, und die drei Männer saßen rauchend beim Kaffee. Es wurde viel gelacht und geneckt, vom Theater, Konzerten, Bällen geplaudert, Toilettefragen behandelt, Pläne zu Sommerreisen entworfen. Ein junger Mann, der, aus ähnlichen Verhältnissen stammend, hier zu Gaste gewesen wäre, hätte sich sehr wohl fühlen müssen. Aber Leberecht fühlte nur, wie fremd er diesem Allen war, eine wie schlechte Figur er in dieser Umgebung machte. Man ließ ihm gewiß nichts merken, aber er wurde das Gefühl nicht los, daß hier an ihm Barmherzigkeit geübt wurde, ohne daß man sich im Übrigen um sein Wesen eigentlich kümmerte. Man war sehr nett zu ihm, aber es schien ihm, mit großem Unrecht wahrscheinlich, als wollte sich hier der Reichtum vor der Armut produzieren. Er hatte die Empfindung, als seien diese reichen Leute raffiniert grausam ihm gegenüber. Ihre Heiterkeit, ihr schönes Wesen, ihre guten Formen, sogar ihre Lebenswürdigkeit schmerzten ihn, denn alles dies besaß er nicht, und er fühlte wohl, daß er es nie besitzen würde. Und bald erschien ihm ihre Heiterkeit als Frivolität und alles übrige als Äußerlichkeit ohne Gehalt und inneren Wert, das ganze Verhältnis aber zwischen ihm und ihnen als Ungerechtigkeit. Er litt in diesem Hause mehr, als in allen übrigen.

Am liebsten war ihm noch der fünfte Freitisch, wo er für die einmalige Abspeisung in der Woche unverhältnismäßig viel zu leisten hatte, da man als Entgelt von ihm täglich eine Nachhilfestunde für den Sohn des Hauses verlangte, einen in seiner Klasse zurückgebliebenen Tertianer.

Das war die Erzählung Leberechts in den ersten Universitätsferien. Als er damit zu Ende war, gab er mir die Hand und sagte:

– Trotz alledem will ich aber nicht klagen, denn du weißt ja, was ich dir damals geschrieben habe: Ich bin verlobt. Du kennst ja Kuhns Ida. Wenn ich an sie denke, dann vergesse ich das alles. Wir lieben uns treu, und wenn sie einmal meine Frau wird, dann ist alles gut. Ach, du glaubst nicht, wie mich dieser Gedanke mit Hoffnung und Glück erfüllt. Sage aber noch zu Niemand etwas, gieb mir deine Hand darauf! Vielleicht schon in einem Jahre kann ich dich von dem Versprechen entbinden.

Er war ein ganz andrer Mensch, wie er das sagte, und ich fand, daß so eine Art von Verliebtheit, die ich eigentlich als Philistrosität zu verwerfen verpflichtet gewesen wäre, doch etwas hatte, das meinen vielfältigen Verhältnissen nicht eigen war. Ich wünschte ihm aufrichtig alles Glück und nahm mir vor, es nächstens auch einmal auf diese Manier à la Ida zu versuchen. Es ist mir erst geraume Zeit später geglückt.

Einstweilen fuhr ich nach Leipzig zurück, trug meine dunkelrote Mütze weiter und vergaß Leberecht wieder, bis ich ihn nach einem Jahre aufs Neue in den Ferien traf.

Wie war der Mensch verändert! Er sah mich feindselig an, schon wie er mich begrüßte, und wollte einfach vorüber gehen. Mir fiel besonders auf, daß sein Gesicht fast lippenlos erschien. Es war etwas Verkniffenes an ihm, und selbst seine Augen schien er nicht ganz zu öffnen. Ich dachte anfangs, es sei das nur so der theologische Duktus, und ich genierte mich auch nicht, ihm meine physiognomische Meinung zu unterbreiten.

– Aber Leberecht! So jung und schon so sauer! Es scheint, du hast deinen Frieden mit der Gottesgelehrsamkeit gemacht. Geh, zieh deine Falten auf! Du hast ja Ferien.

– Wenn ich Dir nicht gefalle, warum redest du mich an? Wenn du die Theologen verachtest, warum läßt du mich nicht vorübergehn? Ich will nichts von dir.

– Beim Zeus von Offenbach, – was redest du denn jetzt für einen Stil? Mensch, bedenke, daß ich seit drei Wochen C.B. bin. Aber im Ernste: was fehlt dir denn?

– Mir fehlt nichts.

– Dann mach ein andres Gesicht!

– Was hast du mit meinem Gesicht! Ich habe keine Ursache, zu lachen.

– Aber du kannst doch wenigstens wie ein Mensch aussehen. Nimm dir ein Beispiel am alten Kuhn! Wie Butter in der Sonne zerfließt, geht sein Pastorenantlitz auseinander vor heiterer Laune.

In dem Augenblicke, wie ich das sagte, fiel mir plötzlich etwas ein, an das ich gar nicht mehr gedacht hatte, und ich wußte auf einmal, warum Leberecht diese steilen Falten im Gesichte hatte: Kuhns Ida hatte sich ja vor einem halben Jahre mit einem kleinen Gutsbesitzer in der Nachbarschaft verlobt....

Ich mußte Leberecht ansehen, wie ich meine Entdeckung gemacht hatte. Er stand steif da und sah unter sich. Ich gab ihm die Hand und sagte:

– Ach Unsinn! Deshalb! Du! Deshalb muß man doch nicht gleich leichenbittern! Das wäre noch schöner! Froh mußt du sein! Froh! Hat sie Dich so schnell aufgeben können, so wäre das auch keine richtige Ehe geworden. Danke deinem Gott!

Aber Leberecht schüttelte den Kopf. Dann sagte er, immer, ohne mich anzusehen:

– Dein Trost trifft nicht. Es ist nicht so. Es ist nur wieder das, daß mir Alles genommen werden soll, das zu mir steht und stimmt. Ich soll nichts haben, was mir lieb ist, auch dann nicht, wenn es ein Mensch ist, der mich liebt. Erst das Studium. Das hab ich überwunden. Aber nun das Mädchen. Darüber komme ich nicht weg. Wie ein Verrückter studiere ich und suche Trost, aber es ist blos Betäubung. Ich kann, nein, ich kann nicht glauben, daß es für mich auch die Liebe nicht geben soll. Ich muß doch auch ....

Mir schien es, als könne er vor innerer Erregung nicht weiter reden, und ich wußte vor diesem Schmerze kein Wort zu finden.

Plötzlich nahm er meine Hand und drückte sie:

– Dein lächelnder Pastor hat sie von mir weggerissen! Aus gemeinen Materialismus!

......Weil dieser Herr Fricke Geld hat und ich keins! Nein! Das ist nicht christlich! Das ist nicht evangelische Liebe!

– Ja aber ich bitte dich, weißt du denn .... Hast du denn mit ihm gesprochen ?

– Ich? Nein.

– Aber das hättest du doch thun müssen!

– Sie hat mich gebeten, es nicht zu thun.

– Trotzdem hättest du es thun müssen.

– Ich bin wie zerschmettert gewesen. Ich ... ich mußte ... Siehst du: ich bin so ... unkräftig... Ich fühle: was über mich kommt, ist immer stärker als ich, und ich muß erst warten, bis ich Kraft gewinne, nicht aus mir, sondern aus Gott, aus Gott, um den ich ringe; aus Gott muß ich Kraft gewinnen, aus ihm, dem ich nun danke, daß er Alles so gefügt hat, daß er mich zu sich gezwungen hat in leidvollen Fügungen.

Was war denn über diesen Menschen gekommen? Er keuchte ja und war wie besessen!

Ich erschrack. Er fuhr fort:

– Laß fahren dahin! Sie liebt mich und muß leiden, denn sie hat dem zu folgen, der ihr Herr sein soll nach Gottes Rat und Schluß. Und ich ... ich ... ich darf sie nicht mehr lieben ... Nein! Ich habe zu lernen, ich habe zu ringen ... Ich bin noch schwach. Aber der, um den ich ringe, wird mir im Kampfe mit ihm Kraft geben... Ich werde stark sein und ihn haben als mein Gut und meine Kraft. *Mein* Gut und *meine* Kraft. Für mich giebt es nur ihn. Er sei darum gepriesen!

Ich konnte nur den Kopf schütteln und mußte ihn gehen lassen, der sich einfach umwandte und mich stehen ließ.

Schon damals sagte ich mir: So wird man also einer von den Strengen. Aber ich fühlte doch auch, daß das für's Erste nur Exaltation war. Hatte er nicht mit auflehnenden Worten begonnen? Hatte er nicht selber von Betäubung gesprochen? Gewiß, so war es: Er exaltirte sich in eine wütende Theologie, um sich zu betäuben. Wenn ihm endlich das Leben einmal lächelte, vielleicht, daß er doch noch zu einem besseren Frieden käme, als diesem Gottesfrieden voll Erbitterung.

Aber das Leben hat es auch weiterhin übel gemeint mit Leberecht Wacker.

Als ich ihn nach wiederum einem Jahre in den Ferien sah, da war er mit seinen sechs Semestern fertig und bereitete sich auf das Examen vor. Jetzt hatte er etwas, ich kann es nicht anders nennen: Hochmütiges, aber es war nicht die Hochmütigkeit dessen, der Lust an seinem stolzen Ich hat, sondern jener verzweifelte und fatale Hochmut, den man allzubald als Zuflucht eines oft Gedemütigten erkennt, der nun mit einem kümmerlichen Bischen von Errungenschaft schaltet, als hätte er Schätze in sich. Seine Errungenschaft war die Anschauung von der Welt als von etwas unendlich Schlechtem und dann die bornirte Anmaßung des vom Leben Mißhandelten, als sei er allein schon durch seine Demütigungen emporgehoben über Alle, denen es besser ergangen war. Diese verkehrteste Wendung des christlichen Gefühles war bei ihm bereits schroff und fest Gefühlsrichtung geworden. Er war sich dessen sicherlich nicht bewußt, aber er stand schon im Beginne der Zeit seiner Rache.

Diesmal kamen wir nicht so gut auseinander. Anfangs wollte ich seinen Kanzelton mit Humor pariren, aber wie er anfing, impertinent zu predigen, da wurde ich grob:

– Nein, mein Teurer, das kannst du mal deinen Bauern erzählen, und ich hoffe sehr, daß sie es vorziehen werden, Schafskopf zu spielen, als sich von dir die Welt verekeln zu lassen. Woher nimmst du das Recht, deine Erfahrungen zum Maßstab der Welt zu machen?

Was, weil du nicht die Kurasche und Schneid gehabt hast, zuzugreifen, wo ein guter Griff gute Beute an Lebensgefühl und Menschenglück bringt, darum sollen die andern mit dir zusammen sauer sehen? Denkst du denn, du kennst das Leben, weil du kein Talent dafür hast? Köstlich! Der Blinde, der die Welt schwarz heißt! Hätte Dir dein Herrgott einmal ein hübsches Mädel in den Weg laufen lassen, vielleicht sprächst du dann anders.

– So! Also darauf kommt's an!? Und wenn ich Dir nun sage, daß Gott mir in der That auch diese Erfahrung geschenkt hat? Wenn ich dir nun sage, daß eben dies seine beste, die große Gnade war, der ich es verdanke, daß ich nun der geworden bin, der ich bin? Ah, wie ich dich an diesem Trumpf erkenne! Pfui sag ich! Pfui! Wisse: Eben das, was dich und deinesgleichen zum Heiden, zum Götzendiener der Lust macht, hat mich zum erkennenden Knecht der Wahrheit werden lassen. Wenn ich noch hoffen dürfte, dich bekehren zu können, würde ich dir dieses lehrreiche Erlebnis, das mich hart an den Rand der Sünde gebracht hat, erzählen. So aber, da ich weiß, daß es Dir nur Anlaß zum Spotte geben würde, muß ich darauf verzichten und mich damit begnügen, Gott zu danken, daß er wenigstens mich an diesem Abgrund vorbeigeleitet hat.

Er ging steif und zufrieden von dannen. Mir aber saß der Floh im Ohr, daß ich gerne erfahren hätte, wie es in der Nähe des Abgrundes ausgesehen haben möchte, in den Leberecht, Gott sei gedankt, nicht gefallen war.

Der Zufall war mir günstig, denn ein Corpsbruder von mir, der im nächsten Semester von Breslau nach Leipzig zurückkehrte, konnte mir die Geschichte authentisch genug erzählen, da er der Nachfolger Leberechts in der Gunst jenes Mädchens war, das diesem, wie er meinte, Gott als letzten Wegweiser zum Lande der wahren Erkenntnis von der Schauderhaftigkeit der Welt in den Weg gestellt hatte.

Indessen: ich will wirklich nicht spotten. Es ist zwar manchmal schwer, sich nicht auf die Bank der Spötter zu setzen, aber in dieser Hinsicht soll man sich überwinden.

Die Geschichte ist kurz genug erzählt und hat keinerlei besonders interessante Momente. Und doch ist sie es zweifellos gewesen, die Leberecht den letzten Stoß gegeben hat.

Das Mädchen hat sie meinem Corpsbruder selbst erzählt und mit einer Reihe feierlicher Briefe Leberechts belegt.

Es war eines von den vielen leichtsinnigen, schnell verliebten Dingern, wie sie in jeder Universitätsstadt zahlreich genug vorkommen, um der flatterhaften Erotik der akademischen Bürger ausgiebig Gelegenheit zur Bethätigung zu geben. Ein Nähmädchen, zwanzig Jahre alt, blond, nett, sittsam im Auftreten, aber unverbindlichen Verhältnissen nicht abgeneigt. Die nun hatte Leberechts Wohlgefallen so sehr erregt, daß er offenbar gemeint hatte, in ihr Ersatz für Kuhns Ida zu finden, seine künftige Frau Pastorin. Das hatte sie bald bemerkt, und da sie, wie nun das genäschige Wesen der kleinen Mädchen manchmal auf sonderbare Geschmackswünsche verfällt, es gerne auch einmal mit einem Theologen versuchen wollte, als welchen sie Leberecht natürlich gleich erkannte, so war, viel mehr durch ihr als sein Bemühen, bald eine Annäherung geschehen.

Es braucht nicht geschildert zu werden, wie sich Leberecht im Anfang benahm. Da war er ganz der immer ernste, immer zärtliche, immer schüchterne Liebhaber gewesen. Hatte nichts gewollt, nichts versucht, nicht einmal einen Anlauf zum Duzen. Aber sehr bald schon hatte er in verschleierter Ferne ein kleines Pfarrhaus leuchten lassen und war immer sehr innig geworden bei leisen Andeutungen der Zukunft.

Lisbeth, so hieß die Kleine, war erst verblüfft gewesen über diese Zurückhaltung und die Solidität in der Anlage dieses absonderlichen Verhältnisses, aber sie hatte sich dann gesagt: das ist eben das Theologische. Und schließlich hatte sie die Perspektive ins Pfarrhaus recht nett gefunden. So waren sie sich näher gekommen, und weil sie sich immer versprach und du sagte, hatte er das schließlich auch acceptiert.

Aber nun, wie sie ihre Gewalt über ihn immer wachsen fühlte, hat sie beginnen wollen, ihn ein bißchen nach sich zu modeln. Mit seinem Anzug hat sie angefangen und hat es auch wirklich dahin gebracht, daß er seinen Sonntagsrock zuweilen in der Woche anzog. Die Krawatten dazu hat sie ihm geschenkt, aber sie mußten schwarz sein. Andre wollte er durchaus nicht. Dann hat sie ihn das Küssen gelehrt. Das war schwer, aber schließlich hat er's ganz gut gekonnt.

Nun aber wollte sie weiter gehen. Ob er denn auch tanzen könnte? Da ist er schon sehr streng geworden. Aber in ein Theater könnte er sie doch mal führen? Nicht um die Welt! Ob sie denn sein zukünftiges Amt vergäße?

Da hat sie sich denn gedacht: was kann da sein, und sie hat versucht, mit einem großen Hauptschlage eine durchgreifende Reform seines Wesens zu begründen. Und nun begannen, ins Lutherisch-Leberechtische übersetzt, die Versuchungen des heiligen Antonius.

Ich habe die Briefe Leberechts gelesen, die dieser schwierigen Epoche angehörten, und ich muß sagen: er hat mir rechtschaffen leid gethan. Diese Leute haben den Teufel zwar nicht im Leibe, aber in der Seele, und das ist sicher das Schlimmere. Wie hat der arme Kerl sich abgerauft mit dem, was er die böse Lust nannte. Zwar hat er dem Teufel kein Tintenfaß an den Kopf geworfen, aber ausgeschrieben hat er mehr als ein Tintenfaß, um ihn zu bannen. Armer Teufel!.....Ich meine Leberechten.

Der Schluß war mein Corpsbruder. Er kam gerade in dem kritischen Augenblicke, als Lisbeth genug Briefe hatte und einsah, es werde ihr nie gelingen, diese Korrespondenz zu parieren. Sie griff mit beiden Händen nach dem flotten Mann mit den lachenden Augen und konnte es sich leider nicht versagen, an Leberecht einen recht wenig netten Brief zu schreiben.

Ein andrer wäre vor das Mädel hingetreten und hätte ihr in angemessenen Tone die Leviten gelesen, – Leberecht that wie immer: er verkroch sich in sich selber und bebrütete sein Mißgeschick. Als er damit fertig war, war auch sein tristes Wesen von Strenge und Säure fertig. Es fehlte blos noch das Examen, die Anstellung und Pauline. Die haben dann den Essig zur ganzen Schärfe gebracht, und ich fürchte sehr, es ist einer von den schlechten Essigen, die nie milde werden.

Das ist nun so: Aus den einen Trauben kocht die Sonne Malvasier und aus den anderen quetscht die harte Kelter einen Saft, der kaum gut genug ist, Salat damit an zumachen. Das ist der Wehe-Wein.

Selig sind, die ihn nicht trinken müssen.

# Zwei Äpfel

Dicht unter dem senkrecht aufsteigenden Ansatze des schönen Wendelzuges, der den großen Wein- und Obstgarten des Über-Etsch wie eine Riesenmauer gegen Westen abgrenzt, liegt glücklich abgeschieden von allen Touristenstrahen das kleine Dorf Perdonig. Es ist so wenig auf Fremdenbesuch eingerichtet, daß man in seinem Gasthofe nicht einmal immer Brot erhalten kann, und der Expositurpriester, der dort oben in der Kirche selber wohnt, denn Kirche und Pfarrhaus stehen unter einem Dache, ist ein lebendiger Beweis dafür, daß es auch andere Kleriker giebt, als die auf Eduard Grützners grinsenden Gemälden pfarrherrlicher Wohlbeleibtheit und Wohllebigkeit.

Und gerade darum, weil dieses Dorf und seine Umgebung so sehr von den üppigen Reizen der Eppaner Landschaft abstechen, führe ich meine Freunde, wenn sie mich besuchen, gerne dort hinauf. Nach den unabsehbaren Weinleiten des ältesten Landes deutscher Rebkultur sieht man mit Vergnügen auch wieder einmal Äcker und Wiesen. Aber es kommt noch etwas hinzu. Steigt man nämlich zu den Ruinen der alten romanischen Kirche Perdonigs empor, so gewinnt man von einem Vorsprung des Berges aus einen ganz einzigartigen Blick: Meran und Bozen, die man sonst nur von viel größeren Höhen gleichzeitig sehen kann, liegen als Endpunkte eines lang hingebreiteten wunderbar schönen Landschaftbildes vor Einem. Es ist ein Bild, das im ästhetischen Sinne gleichzeitig groß und intim ist; ich wünschte wohl, daß ich imstande wäre, es zu malen. Mit Worten kommt man da nicht aus.

Noch immer, wenn ich Jemand da hinaufführte, lohnte mich ein Ausruf des Entzückens, und, wie das schon so ist: dieser Ausdruck thut mir immer so wohl, als wenn ich ein Verdienst an der Schönheit dieses Bildes hätte; den ganzen Weg über freue ich mich schon auf den Augenblick, da ich ihn einheimsen werde.

Da war ich nun kürzlich recht ernüchtert, als mein Freund Franz, dem ich als Privatdozenten der Kunstgeschichte eigentlich eine besonders lebhafte Ergriffenheit zugetraut hatte, erst gar nichts sagte und dann, während er seine Blicke immer links in Meran ließ, die merkwürdige Frage that:

– Sag mal, hast du Calville-Äpfel in deinem Garten?

– Nein, aber meine Tante hat einen Gummibaum in ihrer guten Stube, antwortete ich etwas ärgerlich.

Da lachte er:

– Ach so, du wunderst dich natürlich, wie ich hier auf so eine Frage komme. Sie ist mir auch wahrhaftig nur so herausgefahren. Du mußt nämlich wissen: Ich brauche Meran gar nicht, wie hier in dieser herrlichen Landschaft (na endlich! dacht ich mir) zu sehen, ich brauche nur das Wort Meran zu lesen, ja manchmal genügt schon ein großes M, und ich sehe zwei Calville-Apfel vor mir, zwei große gelbe Calville-Äpfel mit diesen schönen scharfen Einkerbungen, die diesem Apfel so etwas Vornehmes, Extraes geben.

– Sonderbar! Höchst sonderbar! Du mußt in Meran zwei solcher Äpfel von ganz besonderer Güte erlebt haben, und zwar nicht blos als Äpfel an sich, sondern in einer verteufelt innigen Beziehung zu irgend etwas anderem, das auch nicht ohne war. Ich ahne ein Erotikon.

– Du bist ein gewaltiger Ahner und Zeichendeuter, und du hast recht. Ja, – die beiden Äpfel …

– Also: genier dich nicht und erzähle!

– Ja du lieber Gott, da ist eigentlich nicht viel zu erzählen. Du mußt nicht denken, daß ein Roman für dich abfällt.

– Ich bin schon mit einer Novelle zufrieden.

– Es ist auch keine Novelle … d. h. ich weiß nicht recht, was man heute eine Novelle nennt.

– Ich auch nicht, und übrigens bleibt sich das ganz egal. »Nenn's Gott, nenn's Liebe!« – wenn's nur gut ist.

– Gut war's. Wenigstens für mich. Ich werd es nie vergessen. Es war ein richtiges Geschenk, und heute noch staune ich, wie Einem manchmal die Gnade in den Schooß fällt, und man hat sie genossen und ging weiter, als wär es gar nichts gewesen. So passieren Einem die schönsten Sachen in der Zeit, wo man am dümmsten ist, nämlich in der Jugend.

– Hopla! Es giebt nichts Gescheidteres als die Dummheit in der Jugend. Die Weisheit, die Alles auskostet und mit steifen Beinen sitzen bleibt und wartet, ob nicht noch ein Tröpfchen fließen will, diese Weisheit, mein Sohn, kommt schließlich in die Hefe. Übrigens braucht das nicht auf deine Geschichte zu passen. Und nun erzähle, sonst komme ich auf den Geschmack und gebe Maximen und Reflexionen von mir wie Marc Aurel. Diese Landschaft ist gefährlich.

Mein Freund, der wie ich auf der übermoosten Felsplatte saß, lehnte seinen Rücken an die graue Steinbuche und sah mit einem schier andächtigen Blicke auf Meran hin, das ganz märchenhaft wie in lauter Golde schwamm. Denn während bei uns oben, die wir im Schatten der Mendel lagen, schon Dämmerung war, verebbte unten noch der Tag.

Dann erzählte er:

Du erinnerst dich, daß ich gleich nach unserm Abiturientenexamen von den Ärzten nach dem Süden geschickt wurde, weil meine Lunge angegriffen war. Mein Vormund konnte mich mit reichlichen Mitteln ausstatten, und ich junger Bursche reiste als völlig freier Herr durch die schönen Lande.

Aber Gott weiß, ich reise nicht vergnügt. Ich war ja nicht akut krank, und die Ärzte hatten mir ja auch gesagt, daß direkt nichts zu befürchten sei, aber schon die ernste Mahnung, daß ich unablässig auf mich zu achten hatte, um auch nicht durch das geringste Versehen eine Verschlimmerung meines Zustandes herbeizuführen, genügte, mir das Gefühl beizubringen, ich sei eigentlich nur noch zum Abschiednehmen da.

Heute weiß ich, daß ich damals in viel höherem Grade Hypochonder gewesen bin, als lungenkrank, aber schließlich ist die Einbildung, ein Todeskandidat zu sein, auf das Gefühlsleben eines Menschen von nicht geringerem Einflusse, als ein wirklich ernsthaft krankes Organ. Und dann war ich ja wirklich schon einmal nahe genug am exitus lethalis gewesen, so daß ich mir schon mit einigem Rechte die Melancholie des hippokratischen Gesichtes leisten konnte.

Mein Zustand war hauptsächlich apathischer Natur, eine nicht so sehr körperliche als geistige Müdigkeit. Ich träumte so herum und

gefiel mir im Grunde gar wohl als Einer, der philosophisch abge-
schlossen hat und die Abendröte genießt, wie Goetz von Berlichin-
gen im letzten Akte. Zuweilen ergriff mich freilich der Gedanke,
daß diese Philosophie eigentlich am Ende eines arbeitsamen Lebens
angemessener wäre, aber ich fand dann eben darin wieder das nicht
unangenehme Gefühl, das Opfer einer tragischen Bestimmung zu
sein.

Nur ganz selten trat der heiße Wunsch, zu lieben, zu genießen an
mich heran. Dann hätte ich mich am liebsten in Ausschweifungen
aller Art gestürzt und ein bißchen galopp gelebt, aber mein innerer
Lebensinstinkt war gut beraten: über den gereizten Wunsch, das
wütende Wollen kam ich nicht hinaus. Die Wollust der träumerisch
drapierten Entsagung, die mir so leicht fiel, war mir angenehmer.

In diesem Zustande verließ ich Venedig, um nach Meran zu gehen.

Venedig war recht ein Ort für mein versonnenes Schwebeleben
gewesen. Dort, wo Alles so schön in sich zusammensinkt, wo das
Leben in schönen Formen dämmerig vergleitet, wo die schwarzen
Gondeln auch einen ganz Gesunden in lasse Träume einwiegen
können, da hatte ich mir recht eine Güte gethan an wohlig müden
Stimmungen. Es war ein Sybaritismus in hingegeben matten Gefüh-
len gewesen, geradezu ein Verschwimmen in seelischen Nebeln, –
weiter konnte es nun nicht gut gehen, und wäre es weiter gegangen,
so wäre es, glaube ich, das Ende gewesen. Ich hätte mich wohl
nimmermehr in ein schaffendes, thätiges Leben hinübergefunden.

Meran wirkte danach auf mich wie ein unangenehmer Reiz. Ich
war aufgebracht und ärgerte mich über Alles. Ein förmlicher Haß
erfüllte mich, das ist mir besonders deutlich in der Erinnerung,
gegen das rasch und springend fließende Wasser der Etsch. Auch
die scharfen Linien des schönen Gebirges, das weit herab schon
Schnee zeigte, ärgerten mich. Alles Frische war mir zuwider. Dabei
war es ein wunderbar schöner Herbst von einer stürmischen Far-
benpracht. Aber eben dies war mir unangenehm. Grau und schwarz
hätte alles sein sollen, höchstens noch dunkelbraun.

Du wirst dir das kaum vorstellen können, und mir selbst ist es in
der Erinnerung manchmal unfaßbar, aber es war schon so. Ich muß
mir heute wohl sagen: es war die Krisis. Es war eine empörte Flucht

vor dem Leben, und, ganz sicher, damals war ich wirklich krank. Ich sah auch sehr schlecht aus, und das that mir wohl. Ich freute mich, wie blaß ich war, und ich bestrebte mich förmlich, mir Falten ins Gesicht zu ziehen.

Jedes Wort war mir zu viel; selbst zu der Kellnerin, die mich bediente, sagte ich, außer wenn ich etwas bestellte, nichts. Natürlich aß ich auch nicht an der gemeinsamen Tafel, sondern ließ mir, wenn die allgemeine Abspeisung vorüber war, eigens servieren. Daß ich infolgedessen nicht das Frischeste bekam, war mir gerade lieb. So konnte ich mich doppelt ärgern.

Eines Tages kam ich aber doch etwas zu früh zum Essen und fand die Table d'hote-Gesellschaft noch beim Nachtisch. Ich sah unwirsch über die Tafel weg und bemerkte, daß sehr schöne große Äpfel gereicht wurden.

»Bringen Sie mir nachher Äpfel!« befahl ich der Kellnerin, wie sie mir das Gedeck richtete.

Sie tischte mir einen Gang nach dem anderen auf; ich aß so gut wie nichts und wiederholte: »Solche Äpfel nachher!«

Die süße Speise kam, ich rührte sie nicht an. »Nehmen Sie die Torte weg!« rief ich gereizt, »bringen Sie die Äpfel!«

Die Kellnerin ging. Die Abtragkellnerinnen räumten den Tisch ab; als letztes trugen sie die Obstschalen hinaus, auf denen noch einige Äpfel lagen. »Die Kellnerin soll nun endlich meine Äpfel bringen!« rief ich ihnen erbost nach.

Minuten vergingen. Ich saß allein. Niemand kam.

Ob die Kreatur mir wohl die Äpfel bringt? dacht ich voll Wut.

Niemand kam.

Ach, sie will wohl nicht! So eine Wirtschaft!

Ich schlug an mein Glas.

Es regte sich nichts.

Mich erfaßte, es klingt lächerlich, ein ohnmächtiger Zorn. Ich hätte ja hinausgehen und mich beschweren können. Nein, ich wollte warten. Ich wollte warten. Ich..... ich wollte ihr schon zeigen...

Eine halbe Stunde verging. Mein Zorn schlug in eine blöde Bekümmernis um. Mir war, als wäre ich von allen Menschen verlassen.

Zum Sterben betrübt stand ich auf und lief ziellos in den Anlagen herum. Ich fühlte doch, daß ich seelisch krank war, aber ich konnte mich nicht überwinden. Stundenlang stand ich an der Etsch und sah voll bangen Ingrimmes ins Wasser.

Es dunkelte schon, als ich ins Gasthaus zurückkam. Erst wollte ich ins Speisezimmer, aber ein unbegreifliches Schmerzgefühl hielt mich ab, hineinzugehen. Ich ging in mein Zimmer und legte mich mit dem Gefühl ins Bett: wenn ich nur weinen könnte!

So lag ich, ich weiß nicht wie lange, im Halbschlaf.

Da war es mir, als öffnete sich die Thüre. Ich richtete mich erschreckt auf, – richtig: die Thür war offen, und, träumte ich denn?, ein Teller mit zwei großen Äpfeln wurde hereingeschoben.

Ich bin verrückt geworden!, war mein erster Gedanke. Aber ich fühlte ja deutlich, daß mir kalter Schweiß die Backen herabrann, und ich sprang aus dem Bette und griff nach den Äpfeln.

Das ist kein Traum, das ist keine Einbildung! schoß mir's durchs Gehirn, und ich öffnete rasch die wiedergeschlossene Thüre und sprang hinaus.

Da sah ich am Ende des Ganges etwas Weißes. Es stand wie an die Mauer geheftet. Ich weiß nicht, wie mir da zu Mute ward, aber es war ein mir ganz unbekanntes Gefühl von Bestimmtheit. Ich lief auf das Weiße zu und starrte es an. Da legten sich zwei Arme um meinen Nacken, und ich fühlte eine heiße Wange an meinem Gesicht.

Mir war zum Zerspringen, und ich dachte wieder: das alles träumst du blos. Nichtsdestoweniger aber griff ich um die weiße Gestalt herum und zog sie zu mir ins Zimmer.

Da erst kam ich zu mir, und, ja, das ist nun das Wundersame, ich war nicht blos ganz wach auf einmal, sondern begriff auch gleich mit einem Schlage alles.

Bitte, lächle nicht. Nein, so ist es nicht, wie du wohl denkst. Und, siehst du, daß ich nicht so dachte, sondern das Mächden recht und rein erkannte in ihrem süßen, lieben Trieb, das find ich so über alle Begriffe schön und wunderbar.

Sie hat es mir ja auch in Worten gar nicht recht sagen können. In ihrem Stammeln und Hauchen war es nicht so sehr wie in ihren Blicken und diesem Streicheln mir über die Haare.

Es war die reinste Güte, die helfen wollte; es war dieser rührende Instinkt: ich liebe ihn, also muß ich ihm helfen können; es war, du darfst nicht lachen, Liebe des Weibes in ihrem urtiefsten Wesen.

Sie hatte mich lieb und litt mit mir; sie wurde von mir nicht einmal beachtet und war mir doch nicht gram deshalb; sie sann nur immer: wie kann ich ihm etwas zuliebe thun. Da zeigte ich zum ersten Male einen lebhaften Wunsch, indem ich nach den Äpfeln verlangte, und das war ihr wie ein Zeichen, dem eine Eingebung folgte.

Am Ende wirst du mir mit einem Kommentar nach modern pathologischem Geschmacke dienen wollen und an erotische Hysterie denken. Aber ich sage dir: nein, es war nichts als simple Natur, sankta simplizitas im schönsten Sinne. Ich begriff es heute vielleicht auch nicht, aber damals hab ich's unter Thränen verstanden, wie so ein armes liebes Kind keinen andern Weg wußte, als diesen einen: mir was ich wünschte, in die Hand zu legen, nicht als Dienerin, sondern als Weib.

Sie hatte sich eigentlich vorgesetzt, die Apfel mir aufs Bett zu legen, aber wie sie die Thür geöffnet hatte, war der Schreck über sie gekommen.

»Wenn nun die Thüre zugewesen wäre?« fragte ich sie.

»I hätt klopfet« war ihre Antwort.

Wie selig war sie, daß ich mich freute. Sie zitterte am ganzen Leibe und war nicht zu beruhigen, aber immer wiederholte sie: »I bin so froh!«

So saßen wir lange nebeneinander auf dem Rande des Bettes und fühlten unsre Körper aneinander. Sie hatte ihre beiden Arme immer noch um mich gelegt und hielt ihren Kopf an meinem. Flüsternd gingen die Worte den kurzen Weg von Mund zu Mund, und mir war, als wären wir zwei Kinder.

Ich küßte sie. Sie gab den Kuß leise zurück. Wir nannten uns du, als seien wir Gespielen seit langen Jahren und hätten uns immer gekannt.

Da machte sie sich mit einem Ruck von mir los und drang erschreckt in mich, daß ich ins Bett gehen sollte. »Oh, du verkühlst di ja! Schnell nei in die Decken! Schnell, schnell.« Und sie war nicht eher ruhig, als bis ich warm zugedeckt in den Kissen lag.

Ich ließ alles mit mir geschehen wie ein Kind. Sie stand noch lange über mich gebeugt am Bette und flüsterte und erzählte und lachte leise dazu vor sich hin und war in allem wie eine gute Schwester. Dann gab sie mir noch einen langen Kuß und ging.

»Bleib doch, bleib!« rief ich ihr zu und wollte nach. »Itte! Itte!«[1] flüsterte sie bittend und verschwand durch die Thüre.

Ich schlief mit einem Gefühle nie gekannter Frohheit ein, und wie ich am nächsten Morgen erwachte, begrüßte ich zum ersten Male wieder die Sonne mit heiteren Augen.

Mein Freund schwieg und sah zu den schneeigen Zacken hinter Meran auf, die, allein noch von der Sonne beschienen, wie ein goldener Rand über dem dunklen Blau lagen, in das die ganze Landschaft jetzt getaucht war.

– Nun, und weiter? fragte ich.

– Es kamen noch viele schöne Tage, und ich wurde gesund.

– Aber das Mädchen?

– Das Moidl[2] und ich, wir hatten uns von Herzen lieb. Ich bin nie wieder einem Weibe begegnet wie ihr. Unverdorben und hingebend, heiter und voll Gefühl, stark und lieb war sie, wie keine von allen denen, die mir später über den Weg oder gar übers Herz gelaufen sind.

– Ja, aber Mensch, warum hast du sie dir denn nicht auf immer behalten? So was läßt man doch nicht stehen in dieser Welt, wo es an ganzen Frauen, weiß Gott, bedenklich mangelt!

---

[1] Nicht, nicht!
[2] Tirolerisch für Maria.

Ich rief das ganz aufgeregt und sah meinen Freund grimmig an.

Der sah aber über meinen Blick weg zu den Höhen, die nun auch ohne Sonne waren, und sprach:

– Wenn ich doch älter gewesen wäre und ein fertiger Mann! Wenn ich doch gewußt hätte, was ich heute weiß! Wenn ich doch kein dummer Junge gewesen wäre! .... Wir wollen gehen und nicht mehr davon reden!

# Die falsche Kindbetterin

Die alten Herren sind auch einmal jung gewesen.

Manche verstellen sich zwar und thun so, als wären sie schon als Großväter auf die Welt gekommen, kühl und weise und gemessen, aber sie haben die schönen Geschichten, die das Gegenteil beweisen könnten, wahrscheinlich nur vergessen. Andere, die ein lustigeres Gedächtnis haben, machen keinen Hehl daraus, daß es eine Zeit gegeben hat, wo ihnen die Mütze im Nacken saß und das Herz gewaltig hinter allerlei Mädchen herschlug. Mit solchen ist es lustig und lehrreich zu plaudern.

Ich kannte einen alten Herrn dieser fröhlich aufrichtigen Art, als ich in München mit den »Modernen« zusammen feurige Reden wider die verächtliche Welt schwang, die Paul Heyse liest, und gleichzeitig für anderen Lesestoff sorgte, indem ich verwegene Gedichte und Novellen von mir gab. Dieser alte Herr hielt zu uns Jungen, obgleich er ein königlich bayerischer Oberlandesgerichtsrat a. D. war. Er fand, wir seien gar nicht so schlimm, wie man uns nähme, und vielleicht nicht einmal so schlimm, wie wir uns gaben. Ja er meinte sogar, seine Generation sein ein gut Teil schlimmer gewesen, als wir, und er pflegte hinzuzufügen: Gott lob!

Er meinte nämlich, eine gewisse Portion Untugend sei direkt ein jugendliches Reservatrecht, und wie er, der im übrigen kein Partikularist war, es nicht wünschte, daß das bayerische Wesen allzuviel norddeutschen Drill annähme, so wollte er auch nicht, daß die Jugend gleich so vollkommen reputierlich wäre, wie das Alter.

– Jugend soll drauflos gehen und ihre Lust haben! war sein Wort, deshalb soll sie freilich nicht ausschweifen, denn das ist recht eigentlich wider den Geist einer gesunden Jugend. Überschäumen – ja! Aber nicht auslaufen! Eine Jugend, die der reifen Mannheit nichts übrig läßt, zeigt erkrankte Instinkte. Sie ist ein Strohfeuer, das wer weiß wie wild aussieht, und hinter dem doch nichts steckt, als frühe Dürre. Den Saft erhalten, junge Leute! Nicht so schnell Glatzen kriegen! Lebfrisch bleiben und uns Alten ein fröhlicher Anblick! Dann wird euch kein Verständiger sauer ansehen, wenn ihrs auch mal ein bischen toll treibt!

Im alten Hofbräuhaus oben im »Offiziersverein« haben wir manchmal zusammengesessen, und ich habe ihm immer mit der gleichen Lust zugehört. Er konnte so nett erzählen, ein bischen im altmodischen Stile, so eine Spur kalenderhaft-behaglich; mir gefiel das außerordentlich. Oft habe ich ihm gesagt: Aber das müssen Sie schreiben! Das ist ja eine Novelle! Genau so wie Sies erzählen, sollten Sies schreiben, nichts dazu und nichts davon, und es wäre köstlich!

Aber davon wollte er nichts wissen:

– Erzählen, – ja; schreiben, – nein. Nicht etwa, weil ich dächte, es lohnte sich nicht, oder es gehörte sich nicht für mich, sondern ganz einfach: Ich kanns nicht. Ich habs nämlich früher schon ein paar mal versucht, aber erstens ist mirs sehr sauer geworden, und dann hat mirs schließlich nicht einmal gefallen, wie ichs gelesen habe. War alles so steifbeinig und mühsam, wie mit Reißzwecken aufgenagelt, kalt und kahl; mit einem Worte: man mußte merken, daß der Mann, der das geschrieben hatte, nicht vom Handwerk derer war, die mit Kunst erzählen. Ich weiß auch nicht, wie das kommt, aber es ist nun so: Sobald ich die Feder in die Hand nehme, krieg ich den Juristenstil und verliere alle Laune. Und überdies: Ihr schreibt ja gerade genug; da soll unsereins nicht auch noch mitthun wollen.

Trotzdem glaube ich, daß er die Geschichte, die ich jetzt versuchen will, ihm nachzuerzählen, sehr viel besser geschrieben hätte, als ich es vermag, der ich die Zeit, in der sie spielt, nicht miterlebt habe. Ich will mir alle Mühe geben, wenigstens den Ton zu treffen, in dem er sie mir erzählt hat, und ich hoffe, daß er mir kein zu gestrenger Kritiker sein wird, wenn sie ihm oben in seinem »Juristenhimmel« zu Gesichte kommen sollte, wohin er leider vor ein paar Jahren abgegangen ist.


Wir waren auf dem Wege zum Hofbräuhause einem Herrn begegnet, an dem mir eine überaus starke Ähnlichkeit mit einem Altersgenossen und Freunde meines Begleiters aufgefallen war: mit dem alten knurrigen Professor Störzer. Dieser alte Herr, der nun auch tot ist, war der direkte Gegensatz zu dem Oberlandesgerichtsrat. Er mochte die Jugend gar nicht und am allerwenigsten uns, die er einen »geistlosen Aufguß des jungen Deutschland« nannte und gerne mit dem zornigen Langzeiler, ich weiß nicht, welches römischen Poeten, regalierte, der, wenn ich ihn recht behalten habe, also lautet: *Proveniebant oratores novi stulti adolescentuli.*

Er zeigte sich trotzdem manchmal an unserm Tisch, aber es gab dann immer Streit und Unerquicklichkeit. Denn zu allem übrigen kam auch noch, daß er, der alte Hagestolz, ein eingefressener Weiberfeind war, der es durchaus nicht verwinden konnte, wenn Einer von uns sich mannhaft als Gegner des Wortes bekannte: Das Weib ist bitter. Zumal für erotische Lyrik hatte er nur das eine Wort: Larifari! Und wir waren doch alle so ungemein erotische Lyriker.

Also diesem alten Weiberfeinde und Professor sah der Herr auffällig ähnlich, der uns begegnete, als wir zum Hofbräuhaus wandelten. Nur mochte er nicht wie dieser schon über die siebzig, sondern etwa fünfzig sein. Er grüßte meinen Begleiter, und ich fragte diesen deshalb: Ist das ein Verwandter vom Professor Störzer?

Der Oberlandesgerichtsrat lächelte sonderbar und sagte blos: Oh ja, sehr.

– Wieso? fragte ich weiter.

– Das ist eine kleine Geschichte, die ich Ihnen gleich nachher erzählen will, wenn nicht etwa der Professor oben ist. Denn Sie wissen ja: Der liebt die erotischen Geschichten nicht.

Wir fanden unsern Tisch leer und blieben den Abend über allein. Der Oberlandesgerichtsrat gab erst sein Urteil über das Bier ab, dann fing er gleich zu erzählen an:

Sehen Sie, das ist auch so eine Geschichte, aus der Sie ersehen können, daß Sie die Liebe und den Leichtsinn nicht erfunden haben, und daß vor Ihnen auch schon Leute da waren, die an der Quelle lagen und tranken. Seien Sie also künftig nicht unbescheiden und thun Sie fürder in Ihren Novellen nicht so, als wären Sie die Entdecker des gelobten Landes.

Nun warten Sie mal; wie fang ichs an, daß ich Ihre gute Meinung von meinem novellistischen Talente nicht lügen strafe! Ich kann schon gar nicht mehr gemütlich erzählen, seitdem Sie mich zum Dichter gekrönt haben. Das ist wirklich unbequem; ich fange schon an, zu disponieren und zu komponieren. Alte Leute muß man nicht eitel machen. Das ist schonungslos.

Also lassen Sie mich denn dichten! Das heißt, nota bene, Sie dürfen Gift darauf nehmen: Das Leben hats vorgedichtet. So was fällt blos dem Leben ein. Warten Sie, ja wann war es doch... richtig: 1847. Da kam er von der Schule in Bamberg und zog nach München, dort Philologie und Geschichte zu studieren. Er war ein verteufelt hübscher Junge, und noch nicht neunzehn alt, hochaufgeschossen, sehnig, stramm, – heute würde man schneidig sagen. Aber doch sah er anders aus, als die, die heute schneidig aussehen wollen.

In parenthesi: Wir sahen damals wirklich hübscher aus, als ihr heute. Wir hatten ein anderes Ideal von Männlichkeit. Wir wollten nicht wie Leutnants aussehen, sondern eher wie... aber das ist nicht leicht zu sagen... uns schwebte so was vor wie Freiheitsdichter, Volkstribun, – na kurzum irgend etwas Ideales, Deutsches, mit langen Haaren und schwärmerisch kühnen Augen.

Hans Störzer kam diesem Ideal sehr nahe, und noch heute denke ich mit Lust daran, wie schön er aussah mit seiner langen blonden Mähne à la Chamisso, die ihm bis über den hohen Rockkragen wegfiel, seiner scharfen Nase, seinen großen, natürlich unbezwickerten Augen und dem feinen Mund mit dem bischen Schnurrbart darüber. So wie er aussah, hätten wir Alle aussehen mögen, schon der Mädchen halber, die ihm in einer Weise nachliefen, daß wir es schamlos finden mußten.

Wiederum in parenthesi: Unsre münchener Mädchen von damals, wohlverstanden: die guten Bürgersmädchen, waren, so will mirs scheinen, von einem verliebteren Schlage, als die heutigen, ganz abgesehen davon, daß sie viel hübscher waren. Ich glaube: die Rasse war noch reiner, die Dingerchen waren bayerischer, runder, lustiger, und, wenn auch ein braves Teilchen Schwärmerei und Romantik in ihnen steckte, so war das doch keine Verstiegenheit ins Kalte und Nebulose, sondern vielmehr eine Promenade ins Schäferliche, wo das alte gefällige Lied durch die heimlichen Büsche klingt:

*Was kann man denn dawider. Wenn man nun einmal muß.*

Wer die Welt blos als moralische Anstalt betrachtet, wird dagegen seine Einwendungen haben, aber es giebt ja auch andere Standpunkte, und, was uns damals betraf, so standen wir auf denen und fühlten uns recht wohl dabei. Ich kann mich nicht erinnern, daß irgend Einer von uns jemals mit einem käuflichen Frauenzimmer zu thun gehabt hätte. Wir hätten das als Geschmacksverirrung, oder aber als Beweis dafür betrachtet, daß er nicht imstande war, mit honetten Mädchen umzugehn.

Hans Störzer aber war direkt ein Meister in dieser angenehmen Kunst, und er hatte es noch viel weniger als irgend ein anderer von uns nötig, die Liebe von ihrer unsaubersten Seite sehen zu müssen. Er war in einer Weise Hahn im Korbe, daß wir uns nicht gewundert hätten, wenn die Rede gegangen wäre, daß sich Prinzessinnen um ihn zankten.

Er hatte aber auch wirklich alles, was den Mädchen damals gefiel. Nicht allein, daß er ein schöner, aufrechter Bursche war, dem man auf zehn Schritte unverdorbene Lebenskraft ansah, er war auch bald bekannt und bewundert als ein Kerl, der reiten, tanzen und fechten konnte, wie kaum ein anderer. Dies aber, ohne darum in den Ruf eines Krafthubers zu kommen; denn ebenso bekannt war es, daß ein Stück Poet in ihm steckte. Die Mädchen, die ihn auf dem Reitfelde, das nun zum Maximiliansplatz geworden ist, seinen Rappen tummeln sahen, wußten zugleich, daß er auch den Pegasus zu zügeln wußte, und seine Auslage auf dem Fechtboden war nicht eleganter, als die zierliche Form seiner Sonette und Terzinen.

Nur eines war bedenklich an ihm: er war in der Liebe nicht so beständig wie im Fechten und Reiten. Den schönen hohen Rappen Maxl hatte er semesterlang, aber bei einem Mädchen hielt ers nicht lange aus.

> Das Nannerl ist nett,
> Das sieht wohl ein Jeder,
> Aber die Babett,
> Die ist auch nicht von Leder.

Richtig verliebt war er wohl eigentlich nie dabei; die Liebe war für ihn auch blos so eine Art Kraftübung, – ihr würdet heute Sport sagen. Daß er darin den höchsten Rekord hatte, that ihm wohl; daß ein paar liebe Dinger darum Herzweh leiden mußten, berührte ihn wenig. Übrigens glaube ich auch nicht, daß das Herzweh im allgemeinen sehr groß war. Hans gehörte zu jener Art verführerischer Jungen, in die sich die Mädchen gern schnell, aber nicht tief verlieben. Sie merken es ihnen gleich an, daß es sich bei ihnen immer blos um Durchgangsstationen der Liebe handeln kann, und gerade das ist für viele ein Reiz mehr. Diese Art Don Juans (d. h. diesen Ausdruck möcht ich gleich wieder zurücknehmen, denn er giebt ein falsches Bild) ist im Grunde nicht sehr gefährlich. Herzbrüche giebts da selten, weil eben das Herz nur selten dabei ist.

Das hindert nicht, daß manchmal etwas passiert, das übel ausläuft. Und so was bildet den Inhalt der Geschichte, die ich nun erzählen will. Sie gehört zur Gattung der Tragikomödien.

Bei ihr muß ich nun aber wirklich den Novellisten spielen und alle Parenthesen beiseite lassen, sonst kommen Sie aus dem protestierenden Kopfschütteln gar nimmer heraus, und mein Renommé auf dem neuen Parnaß ist beim Teufel. Aber warten wir auf Kathi mit der neuen Maaß! ... Also nun!

Die Mädchen sollen zuerst vorgestellt sein. Marie hieß die älteste, war dreiundzwanzig Jahre und brünett; dann kam die Elies; die war zweiundzwanzig und schwarz; aber die jüngste hieß Cenzi und war blond und neunzehn. Hübsch waren alle drei, und ihr Vater war Professor an der Ludovico-Maximiliana. Er las Geschichte, ganz alte Geschichte; was nicht mindestens altassyrisch war, interessirte ihn garnicht. Trotzdem war sein Haus in der Theatinerstraße lustig und von den Studenten gerne besucht. Das kam natürlich in erster Linie von den Töchtern, aber die Frau Professorin hatte auch ihr gut Teil Verdienst daran. Denn sie war so eine wichtige, lustige, gemütliche, launige Altmünchnerin, der man die zweiundvierzig durchaus nicht ansah, die sie auf ihrem rundlichen Rücken hatte.

Bei Frauen wird Humor selten gefunden; sie hatte welchen; d. h. ich meine hier Humor in dem umfassenden Sinne, wo das Wort Weltanschauung und Lebensdirektive bedeutet. Bei ihr speziell sah dieser Humor so aus: sie nahm die Welt wie sie gebacken ist, seelenruhig und heiter gelassen hin, ohne auch nur im mindesten daran zu denken, wie dies oder das wohl anders sein sollte, möchte

oder könnte. Sie sah in der Hauptsache nur das Gute und Ersprieß-
liche im Leben; kams aber mal bös und grob, so wußte sies schnell
und ohne viel Aufregung so zu drehen, daß sie und ihr Haus nach
Möglichkeit gut aus der Affaire kam. Es gab schlechterdings keine
Überraschung für sie. Ein häufiger Spruch von ihr war: Dem Leben
ist alles zuzutrauen; darum muß man sich nie aus dem Konzept
bringen lassen. Immer, wenn sie ausging, trug sie einen umfangrei-
chen Regenschirm bei sich, und wenn man sie dann auf den völlig
wolkenlosen Himmel aufmerksam machte, antwortete sie: Der
Himmel ist imstande und regnet ohne Wolken; Hab ich mein Re-
gendachl, brauch' ich mich um den Himmel nicht zu kümmern.

Etwas ganz exemplarisch schönes war ihr Verhältnis zu den drei
Töchtern. Ich habe derlei nie wieder gesehen. Sie stand zu ihnen wie
eine ältere Freundin, vor der es kein Geheimnis geben konnte, weil
es ganz unmöglich schien, ihr etwas zu verschweigen; denn ihr
Urteil, ihr Spruch war zu allem nötig. Dabei hatte dieses Verhältnis
aber nichts Laxes; sie stand vielmehr in sehr großem Respekt bei
den Dreien, nur, daß dieser Respekt auch nicht den geringsten
Schein von Angst, von Entferntheit in irgend einem Punkte hatte. Es
war einfach dies: die Mädchen fühlten nicht blos die unmittelbarste
und innigste Liebe zu ihr, als der Mutter, sondern sie hatten auch
die klare Empfindung, daß diese eine besondere, überlegene Frau
war, so wenig sie das äußere Wesen davon an den Tag legte. So war
Liebe und Respekt in Einem da, und beides war reines Naturpro-
dukt, nicht Katechismusresultat oder sonstwie Pfropfwerk.

Ähnlich war das Verhältnis der beiden Alten zu einander, nur
daß der gute Professor doch auch ein klein wenig von seinen eigenen Qualitäten überzeugt war, sodaß das Gefühl irgendwelcher
Inferiorität glücklich vermieden blieb.

In dieses Haus nun, wo es viel fröhliche Abende mit Musik und
Gesang und recht oft auch Tanz gab, ließ sich Hans Störzer sehr
gerne einführen. Zu keinem anderen Zwecke als eben diesem hatte
er ja bei dem Professor ein Kolleg über assyrische Geschichtsquellen
belegt, die ihm im übrigen so gleichgültig waren, wie einem Mediziner das kanonische Recht.

Hans verkehrte sonst nicht gerne in Familien, denn das stimmte
nicht zu seinen Anschauungen von freier Burschenherrlichkeit. Er

hatte es ja auch nicht nötig; die Mädchen legten im allgemeinen weniger Wert auf seine Besuche in ihren Häusern, als auf ihre in seinem. Das war eben das angenehm Unverbindliche in diesen Verhältnissen mit dem gepriesenen schönen Haus.

Nun aber war es ihm einmal ergangen wie dem Mohammed, und er hatte sich wie dieser schnell entschlossen gesagt: Kommt der Berg nicht zum Propheten, so muß eben der Prophet zum Berge kommen; der Effekt ist ja der gleiche.

Und in der That, es kam, wie er gewünscht und ohne weiteres angenommen hatte: alle drei Mädchen verliebten sich in ihn.

Die erste, die das merkte, war die Mutter. Eine gute Menschenkennerin, die sie war, erkannte sie sogleich, daß das keine Sache von bedenklicher Tiefe war, und so dachte sie sich: mögen sie sich immerhin ein bischen abraufen die dreie um den hübschen Jungen. Wärs blos eine, so wärs bedenklich; nuns aber alle dreie sind, wird eine der andern aufpassen, und so wirds ohne schlimme Streiche vorbeigehen. Auch rechnete sie wie mit einem absolut sicheren Faktor darauf, daß eine nach der andern zu ihr kommen werde, Rat und Spruch einzuholen. Einstweilen hielt sie es für ein genügendes Präventiv, wenn sie mit ein bischen mehr Ernst als sonst den Finger erhöbe und vor diesem Allerweltshans warnte, hinter dessen Sporen- und Sonettgeklingel die gesammte Gänseherde Münchens einherschnatterte.

Es ist eigentlich sonderbar, daß die kluge Frau Professorin, die sonst auch das scheinbar Unmögliche immer mit in Rechnung zog, in diesem Falle blos an das Wahrscheinliche dachte. In der Liebe aber, das hätte sie bedenken müssen, geht es immer unwahrscheinlich zu. Daß sie das übersah, und vor allem, daß sie nicht an die Heimlichkeit als wesentliches Ingredienz verliebter Abenteuer dachte, war verhängnisvoll.

Das Unwahrscheinliche, das sich begab, war dies: die drei Schwestern waren ohne jede Eifersucht aufeinander und vergötterten ihren Hans gemeinschaftlich. Und eben, weil dies so gemeinschaftlich geschah, dachten sie nicht daran, sich der Mutter zu offenbaren. Eine alleine hätte es am Ende nicht gewagt, vor ihr ein Geheimnis zu haben, aber alle drei zusammen, das ergab so eine

Art Komplottstimmung, in der die erste Pflicht ist: du sollst deinen Kameraden nicht angeben.

So geschah es, daß sich die Mutter, die nur immer darauf achtete, daß die Mädchen nicht einzeln aus dem Hause kamen, ganz sicher fühlte und nichts übles ahnte. Sie hielt es nicht mal mehr für nötig, zu warnen, oder die drei auch nur mit dem schönen Hans zu necken. Als dieser dann auch bald aus dem Hause wegblieb, dachte sie mit Genugthuung für sich: hier haben seine Reit- und Reimkünste einmal versagt.

Mittlerweile aber hatte der schöne Hans ruhig unermüdet und vergnüglich mit drei Werken gemahlen. Dieses Abenteuer in triplo war wirklich die Krone seiner Liebessiege. Derlei war außer ihm sicher noch keinem gelungen. Er stieg damals mit einer richtigen Triumphatorenmine einher. Eben hatte er die Entdeckung gemacht, daß sich mit den drei Namen der Schwestern zusammen ein wunderhübsches Anagramm-Sonett prägen ließe (er brauchte nur bei Elies das e weg zu lassen), da raubte ihm eine Eröffnung, die ihm Marie als die älteste machte, alle Lust an Reimspielen und jedes Triumphgefühl.

Sie trat ganz ruhig vor ihm hin und sagte ihm: Du mußt Cenzi heiraten; thust Du das nicht, so bist Du ein schlechter Mensch.

Auch ohne Kommentar merkte er, was hier in der Mühle verschüttet war, und er machte das übliche betroffene Gesicht dazu. Aber zum Heiraten mochte er sich nicht verstehen. Nein, das ging doch einfach nicht. Seine Jugend, sein Studium, seine Eltern ... es war ja alles ganz richtig. Marie erkannte die schöne Seele des schönen Hans sogleich und legte sich keinen Augenblick aufs Bitten. Sie eröffnete ihm nur noch, daß sie sich, nachdem er für sie nicht mehr in Betracht käme, nun an die wenden müßten, an die sie leider und zu ihrem Unheile die ganze Zeit nicht gedacht hätten, an ihre Mutter. Das war dem schönen Hans über die Maaßen unangenehm zu hören, und er bat, so gut er bitten konnte, man möge damit doch um Gotteswillen noch eine Weile warten (nämlich, bis er in die Ferien ausgekniffen wäre, um im nächsten Semester nach Würzburg zu gehen; denn er fürchtete sich schrecklich vor der Frau Professorin), aber Marie sah ihn blos groß und verächtlich an und ging.

Erst gabs wohl noch ein großes Weinen der dreie, wobei Cenzi viel und leidenschaftlich umarmt wurde, dann traten Marie und Elies vor die Mutter hin und bekannten.

Ich bin ja nicht dabei gewesen bei dieser Szene, und mir hat auch niemand darüber berichtet, aber ich bilde mir ein, genau zu wissen, wie sich die Frau Professorin dabei benommen hat. Geweint hat sie gewiß nicht und gewiß auch nicht gezetert, aber dennoch werden die unberatenen Kinder etwas von einem Ernst und einer Anklage gespürt haben, das ihnen, wenn Strafe überhaupt noch not war, Strafe genug gewesen ist.

Das liebe Publikum, das in solchen Fällen ein so dankbares Publikum ist, wie sonst nur selten, hat aber garnichts davon zu merken gekriegt, daß es in diesem lustigen Hause eine so ernste Szene gegeben hat.

Dafür hat es drei Monate später um so mehr Feuer erhalten, die Köpfe erstaunt zusammenzustecken und zu tuscheln: Sagen Sie, ist Ihnen nicht auch was aufgefallen an der Frau Professor Ferner, oder kommt es blos mir so vor? Es ist ja kaum glaublich in dem Alter, aber... die Zunahme an Umfang.... Wie?

Nach noch einmal drei Monate wurde schon nicht mehr gefragt, und es gab nur ein Kopfgeschüttel mit Anspielungen auf das späte Glück der alten Sarah.

Ein merkwürdig ernstes Gesicht hatte der Professor aufgesteckt, und seine Kollegen, die gerne witzig gratuliert hätten, merkten bald, daß das hier deplaziert wäre. Es ist ja auch nicht gerade angenehm, meinten sie unter sich, in dem Alter nochmal zur Kindstaufe bitten zu müssen. Und noch dazu bei drei erwachsenen Töchtern. Ganz gescheidt, daß sie die aus dem Hause geschickt haben. Peinlich so was.

Erst wie der Frau Professorin die Wochenstube gerüstet war, hieß es: Die drei Mädchen sind wieder da; nun, an sorgsamer Pflege wird es der späten Wöchnerin jetzt nicht fehlen; hoffen wir, daß alles gut vorüber gehen wird; es ist doch eigentlich kein Glück so was ... Und nun hat auch noch die Jüngste, die Cenzi, krank werden müssen! Es muß halt immer alles zusammen kommen. Der arme

Ferner steckt jetzt in keiner guten Haut. Er sieht aber auch danach aus.

So war viel Mitgefühl unter den erstaunten Leuten da, und die Wochenstube wäre gewiß von sorglich teilnehmenden Gevatterinnen nicht leer geworden, wenn nicht Professor Thalhammer, der damals berühmteste Geburtshelfer in München, der als ältester und intimster Freund des alten Ferner natürlich die Wochenpflege und später die Entbindung auf sich genommen hatte, ernst erklärt hätte: Die Wöchnerin darf durchaus niemand bei sich empfangen.

Was nun folgt, braucht nicht erzählt zu werden. Die List der Frau Professor war geglückt, der Ruf der kleinen Cenzi war gerettet, der schöne Hans rieb sich in Würzburg die Hände.

Aber ... aber ... Sehen Sie: eigentlich ist die Sache doch nicht ohne komische Züge, und der alte Boccaz hätte sie wohl als lustiges Abenteuer erzählt und erzählen dürfen, aber ich habs nicht gekonnt, so gerne ichs gemocht hätte. Denn in den Einzelheiten schwebt mir diese Geschichte immer wie ein ausgelassenes Fastnachtsspiel vor; komm ich aber hinein, muß ich ernst werden. Ja, wenn alle Menschen vom Schlage dieser lieben resoluten falschen Kindbetterin waren, dann ginge wohl auch heute so was leichter dahin.... Die gute Frau Professorin hat sich alle redliche Mühe gegeben, nach ihrer Weise auch diesmal das Unabänderliche so in das Leben ihres Hauses einzufügen, daß es nichts an dessen Harmonie und Heiterkeit änderte, aber es ist ihr nicht gelungen.

Die arme Cenzi hats im Hause nicht geduldet. Sie ist irgendwo Schulschwester geworden und im weißen Kleide der Dominikanerinnen bald gestorben. Und auch Marie und Elies habens nicht verwunden. Sie blieben unverheiratet im Hause und zogen den kleinen Peter auf, der bald nach dem Tode seiner wirklichen Mutter auch die vorgeschobene verloren hat.

Was aber aus dem schönen Hans geworden ist, wissen Sie. Er hat bald aufgehört, sich zufrieden die Hände zu reiben. Sehen Sie, an ihm hat sich das gerächt, wovor ich die jungen Leute immer warne: das maßlose Aufgehen in der Ausschweifung und der herzlose Mißbrauch in der Liebe.

Was sich an der armen kleinen Cenzi und ihrer Familie erfüllt hat, das ist schließlich die Schuld einer engbrüstigen Moral, die selbst so aufrechte, prächtige Menschen wie diese Frau Professorin zwingt, gefährliche Komödien zu spielen, die nun ihrerseits eben deshalb nicht gut und klar ausgehen können, weil sie bei all den guten Absichten, die ihnen zu Grunde liegen, doch mit den infamen Mitteln dieser Moral: mit Verheimlichung, Lüge arbeiten müssen.

Was sich aber am schönen Hans erfüllt hat, das ist eigene Schuld; er hat seinen Lohn dahin, weil er wider die wahre Sexualmoral gesündigt hat, als welche aus der Natur selber und aus dem Pflicht-kodex des Kulturmenschen stammt. Er hat unmoralisch gehandelt, indem er ohne Maaß und ohne Liebe frivol mit einem Triebe spielte, der ohne Maaß und ohne Liebe immer zum Laster ausartet und fast immer Fluch im Gefolge hat. Daraus gewinnt dann auch immer wieder jene falsche Moral Kraft und Einfluß, die den Trieb selber zur Sünde stempeln möchte, oder ihn wenigstens nur unter Verhüllungen anerkennt. Die Sünder wider die wahre Liebesmoral werden meistens so grimmige Apostel des Moralgespenstes, wie unser knurriger, giftiger Professor Störzer. Der predigt nun Ekel, weil er sich übergessen hat, und schimpft auf die Weiber, weil sie die schwarze Stelle in seinem Gewissen sind.

Führen Sie ihn und seinesgleichen nur immer frisch und fröhlich ab, aber nicht blos in Worten, sondern auch in Werken! Und wenn man Sie deswegen unmoralisch nennt, so denken Sie an diese Geschichte!

## Über tredition

### Eigenes Buch veröffentlichen

tredition wurde 2006 in Hamburg gegründet und hat seither mehrere tausend Buchtitel veröffentlicht. Autoren veröffentlichen in wenigen leichten Schritten gedruckte Bücher, e-Books und audio-Books. tredition hat das Ziel, die beste und fairste Veröffentlichungsmöglichkeit für Autoren zu bieten.

tredition wurde mit der Erkenntnis gegründet, dass nur etwa jedes 200. bei Verlagen eingereichte Manuskript veröffentlicht wird. Dabei hat jedes Buch seinen Markt, also seine Leser. tredition sorgt dafür, dass für jedes Buch die Leserschaft auch erreicht wird.

Im einzigartigen Literatur-Netzwerk von tredition bieten zahlreiche Literatur-Partner (das sind Lektoren, Übersetzer, Hörbuchsprecher und Illustratoren) ihre Dienstleistung an, um Manuskripte zu verbessern oder die Vielfalt zu erhöhen. Autoren vereinbaren direkt mit den Literatur-Partnern die Konditionen ihrer Zusammenarbeit und partizipieren gemeinsam am Erfolg des Buches.

Das gesamte Verlagsprogramm von tredition ist bei allen stationären Buchhandlungen und Online-Buchhändlern wie z. B. Amazon erhältlich. e-Books stehen bei den führenden Online-Portalen (z. B. iBookstore von Apple oder Kindle von Amazon) zum Verkauf.

Einfach leicht ein Buch veröffentlichen: **www.tredition.de**

## Eigene Buchreihe oder eigenen Verlag gründen

Seit 2009 bietet tredition sein Verlagskonzept auch als sogenanntes "White-Label" an. Das bedeutet, dass andere Unternehmen, Institutionen und Personen risikofrei und unkompliziert selbst zum Herausgeber von Büchern und Buchreihen unter eigener Marke werden können. tredition übernimmt dabei das komplette Herstellungs- und Distributionsrisiko.

Zahlreiche Zeitschriften-, Zeitungs- und Buchverlage, Universitäten, Forschungseinrichtungen u.v.m. nutzen diese Dienstleistung von tredition, um unter eigener Marke ohne Risiko Bücher zu verlegen.

Alle Informationen im Internet: **www.tredition.de/fuer-verlage**

tredition wurde mit mehreren Innovationspreisen ausgezeichnet, u. a. mit dem Webfuture Award und dem Innovationspreis der Buch Digitale.

tredition ist Mitglied im Börsenverein des Deutschen Buchhandels.

## Dieses Werk elektronisch lesen

Dieses Werk ist Teil der Gutenberg-DE Edition DVD. Diese enthält das komplette Archiv des Projekt Gutenberg-DE. Die DVD ist im Internet erhältlich auf **http://gutenbergshop.abc.de**

Zeitfracht Medien GmbH
Ferdinand-Jühlke-Straße 7
99095 Erfurt, Deutschland
produktsicherheit@kolibri360.de